大雅

为一种品格注脚

威廉斯系列

楔子
威廉斯诗合集（第二卷）

[美] 威廉·卡洛斯·威廉斯 著
傅浩 译

广西人民出版社

目 录

早年殉道者及其他（1935）

003　　早年殉道者
006　　海边的花
007　　新闻照片
009　　刺槐花开
010　　湖景
014　　致一个墨西哥猪形扑满
016　　致一位贫穷的老妇人
017　　没赶上夏日天气
019　　无产阶级肖像
020　　树与天空
021　　帕森纳克来的强奸者
024　　开场白与结束语
025　　创世记
026　　冬至
027　　帆船
030　　献给终结了的爱的赞美诗

032 为戴·赫·劳伦斯所作哀歌
038 星期天
040 天主教徒的钟
043 简单是真实的印记
046 死婴
048 风大了
050 挨饿即伟大
051 给诺曼·麦克劳德的一首诗
053 你都撒掉了你的生命

亚当、夏娃、城市（1936）

057 致林鹬
058 用沥青和铜做的细活
060 玫瑰
061 永远的美女
062 中国玩具
063 亚当
068 夏娃
074 水仙花的圣方济各·爱因斯坦
077 希之死
080 致一位前辈诗人
082 未名
085 绛红仙客来

096　　　永动：城市

中断（1941）

107　　　一首情歌：初稿，1915
109　　　我的英国祖母的临终遗言
112　　　即兴诗：傻缺
117　　　一场婚礼
120　　　那些人
122　　　为长诗《帕特森》作
135　　　非法事物
137　　　饥荒预言者
138　　　时代画像
140　　　在天空的衬托下
142　　　最后的转弯

楔子（1944）

145　　　作者序

149　　　算是一首歌
150　　　灾难性的生产
154　　　帕特森：瀑布

157	舞
158	作者为一部诗剧所作的序曲
164	烧圣诞树
169	披枷戴锁
170	缩至一点的世界
171	观察者
172	流淌的河
173	受骚扰的恋人
175	治疗方案
176	给所有温柔
184	三首颂内诗
187	诗作
188	玫瑰
189	伦巴！伦巴！
191	祈求怜悯
192	菲格拉斯城堡
194	永恒
198	努力的听者
199	争议
201	完美
203	这些纯粹主义者
204	劳动景象：1931
207	最后的转弯
208	后果
210	对等物

213 风暴
214 被遗忘的城市
216 黄烟囱
217 光秃的树
218 罗利是对的
220 怪物婚姻
223 枯叶间的麻雀
224 冬日序曲
225 寂静
226 又一年
227 云
229 冷面
231 寄语
232 温柔的黑种女人
233 致天堂中的福特·麦多克斯·福特

云（1948）

239 艾戈尔廷格
242 富兰克林广场
244 拉布拉多
245 鬼魂
246 光不可进入
248 银行门前的一个女人

250　夜乘者

251　歌

253　鸟唱

254　访问

258　天堂的品质

260　致一位美好的老娼妇

262　春季的苦涩世界

264　哀歌

266　恋爱史

269　河上的轻雾

270　结构失败时脚韵企图来救援

271　教育是个失败

273　旗手

274　山羊

275　两段刻意的练习

278　镜子

279　他的女儿

280　十一月的设计

282　技巧动作

283　马

285　艰难时世

286　那盘水果

287　机动驳船

289　俄罗斯

295　行动

296	野兽
298	训练有素的驳船工
299	菝葜上的雨滴
301	老邦克乐队
303	苏珊娜
305	纳瓦霍
307	示意符号
308	永久改变的见证
310	花
311	适于低音
313	懒懒躺着的词语
314	李尔
316	车间里的裸女画
318	妙绝
319	合声
322	飓风
323	出诊区域
325	心的游戏
327	理发师
328	音乐说明：勃拉姆斯第一钢琴协奏曲
330	创伤
333	红翅黑鹂
334	超越所有地点的一个地点（任何地点）
339	老房子
342	那东西

343	踌躇的心
345	悲剧的细节
346	菲洛米娜·安卓尼可
349	云

粉红教堂（1949）

359	合唱：粉红教堂
367	狮子
369	熟女
370	新墨西哥
371	一个不可能的花园里的一丛玫瑰
372	歌
373	词语、词语、词语
375	沙漠上的维纳斯
376	"吾亦不愿换以汝之饮"
378	爱符

早年殉道者及其他*

(1935)

---

* 此诗集于1935年由纽约阿尔刻提斯出版社出版,收录诗作30首,68页,题献给约翰·寇非。其中5首分别与《春天及一切》中的第3、5、9、11首,以及《寒冬来袭》中的《9/30》的后三节雷同,兹不重录。——译注

早年殉道者[*]

他们不许他

出庭供述

解释他为何

从高档商店

盗窃然后

寄明信片

叫警察

来抓他

——如果他们能行——

却未经审讯

就草草把他送往

---

[*] 诗人在访谈录《我想写一首诗》(1958) 中谈道："我应该给你讲讲寇非。他是个年轻的激进分子，想帮助穷人，坚信他们应该得到帮助，就决定做点儿什么。他是个爱尔兰穷小子。他有胆儿。他决定从百货商店偷东西，并且从瓦纳玛克商店得了手。他的想法是要是被捕，他就可以在法庭上为穷人呼吁，就会扩大影响。他写信给警察局，告知他的成功盗窃，但他们拒绝让他上法庭，而是把他送进精神病院——终生——可是那儿人太多了，他们就放他走了。我站在为他辩护的一边。那时候没有人认为这是共产主义——那只是个不现实的梦，而我同情做梦者和那个梦。他最终意识到无论他的想法多好，都行不通。《早年殉道者》这首诗讲述了事件的事实细节。这首标题诗实际上是一篇献辞。"《自由人》杂志曾买下此诗，"但丧失了勇气，没有发表它"。故此诗可能作于20世纪20年代。

关押发疯罪犯的
一家疯人院

一直都得不到
预防疯病的
药物
由于挫折和
执拗
他走到了
疯狂的边缘——

不知变通，最后他们
只好放了他——
那个机构
"人满为患"
他们让他由
一位亲属
监护，条件是
他必须待在
州境之外——

他们就算"治愈"了
他
但是他所反抗的
体制
依旧——

他的少年事迹
标志着
他曾为之效力的
一场反叛的
浪漫时期
依然美好——

就让他充当
工厂的汽笛
不停地聒噪——
讲理,讲理,讲理!
只要还有
一个头脑来记忆
一个声音来
把它传下去——
决不放弃
坚持住!
让他原以为可
信任但他们却
欺骗了他的这种
被收买了的法庭
躲不开、害怕吧。

海边的花*

在鲜花盛开的草原的锐利
边缘上，咸腥的海洋无形地

拱起身形时——菊苣和雏菊，
捆好的、解散的，似乎不仅是花

还是色彩和不安的动作——
或者也许是形状，而

大海被圈了起来，平和地
在它那植物似的茎上摇晃着

---

* 此诗的第一稿发表于《异教世界》1930年秋季号，文字稍异。另一稿发表于诗选集《现代事物》，文字亦有所不同。

新闻照片*

这,长着一副
像压碎了的血橙般的脸
会突然

有了眼睛
朝上看着尖叫着
打仗啦!打仗啦!

抓起她那
厚重、破烂的大衣
一片帽子

破鞋
打仗啦!打仗啦!
由于惊恐而在那些

小伙子面前结结巴巴
他们用枪托

---

* 此诗可能是根据当时报纸上的一帧新闻照片而作的。

把她推得

横躺在地——
一条注脚
在页面下方

刺槐花开^{*}
〔第二稿〕

绿硬老

鲜断枝

间白香

五月又

来

---

* 此诗第一稿收入《集外诗选：威廉斯诗合集（第四卷）》（以下简称《集外诗选》）。此稿连同第一稿发表于《更有力，纽瓦克公共图书馆报告1946—1952》1952年秋冬季号时，附注云："那是季节的循环——五月的全部历史……除了基本的词语，我删去了一切，以使事物剩得尽量简单，使读者尽可能专注。有什么能比这更简朴吗？"

湖　景*

离开
公路在一块
新近

炸出还来不及
被草或蕨
覆盖的巨石下面：

一堆炭渣
坡下到
铁道和

湖边
之处
站着三个孩子

---

* "我倾向于信任没有标点的节奏序列。是意象，有意味的意象造就了诗。把什么东西当作一个构造——不是故事——写下来。不用诗节形式。就是我所见的什么东西——三个小崽子张大嘴巴瞪着堵塞的交通。我对他们而不是堵塞的交通更觉亲近。"（约翰·C.瑟尔沃尔的笔记）

挨着杂草覆盖的
一辆损毁的汽车
底盘

并排不动
面朝湖水
左边一个男孩

身穿快要滑落的
蓝色套头衫
他旁边一个女孩

身穿脏兮兮的连衣裙
还有另一个男孩
他们专注地

看着下面的
什么东西——
一个机务段编号：50

在一个狭小的混凝土
检修站
（一捆电线

通往其中）

旁边竖立的
一根铁柱上

四周铺天盖地的
炭渣被轧
成纵横交错的小径

在右边
形成一个看上去
像剥了皮的

木板房的
前场院
对面

剩下一棵枫树
长着叶子
专注地凝望着

三人
脊背笔直[1]
不理睬

---

[1] "印第安人以脊背笔直而著称。"(约翰·C.瑟尔沃尔的笔记)

堵塞的交通
所有的眼睛
都朝向湖水

致一个墨西哥猪形扑满[*]
〔第二稿〕

　　　　一小
　　　　　群

　　　　泥塑
　　　　　羊——

　　　　牧人
　　　　　在

　　　　后——那
　　　　　猪

　　　　涂黄
　　　　　彩

---

[*] "在壁炉台上,马斯登·哈特利送的。……我试图使这个形象有节奏地贯穿诗的描写始终。我一直喜欢它,因为描写得很好——一个美国形象——某种物体,五彩缤纷的,具有墨西哥特点。我做的一切的背后是获得其中的设计——卸下了负担。"(约翰·C.瑟尔沃尔的笔记)此诗的第一稿见《集外诗选》。

绿耳
　朵

有个
　缝

在顶
　上——

发卡
　丝

擎着
　羊

扭过
　头——

牧人
　在

左肩
　上

披红
　毯

致一位贫穷的老妇人*

在街上大声嚼着一枚
李子她手里
一纸袋李子

她觉得李子好吃
她觉得李子
好吃。她觉得
李子好吃

从她全神贯注
于手上嚼了一半的
李子的神情
你可以看出

心满意足
成熟李子的安慰
仿佛充满虚空
她觉得李子好吃

---

* 此诗曾发表于《烟》1934年秋季号,文字稍异。

没赶上夏日天气*

他戴着
一顶浅灰色旧软毡帽
她一顶黑色贝雷帽

他一件脏运动衣
她一件旧蓝大衣
紧俏合体

灰色飘飘的裤子
红色裙子和
破敝的黑色平底鞋

肥胖　茫然　漫无目的
缓缓走过
上城区①他们一路

---

*　"有关任何事物的闲散思绪的表达,但总是考虑到设计。我在构思——一种词语的迷人安排。"(约翰·C.瑟尔沃尔的笔记)
① 上城区,指新泽西州帕赛克市的街区。参见《新泽西州帕赛克市》一诗注(该诗收入《集外诗选》)。

踢开
成堆
凋落的枫叶

还绿着——而且
脆得像美元钞票
无事可做。热茶!

无产阶级肖像*

大块头年轻没戴帽的女人
穿着围裙

头发向后梳得溜光站立
在大街上

一只穿长袜的脚脚尖探着
人行便道

一只鞋拿在手里。专注地
注视着鞋里

然后她拽出纸制的鞋垫
寻找那颗

一直硌痛着她的钉子

---

* 此诗最初发表于《银河诗选》(1934)时题为《一个代表现代文化的形象速写》。

树与天空[*]

再度
那半折的
已被描写过的
树的
秃笔独自
在它那破旧的
小丘上——

上方
在远处
云隙的
变幻中间
朦朦胧胧
那不动的
蓝

---

[*] 此诗曾发表于《诗刊》1933年10月号和诗选集《现代事物》(1934)。诗人后来略有删改,称"字越少越好"(约翰·C.瑟尔沃尔的笔记)。

帕森纳克来的强奸者*

非常和善。当她恢复
镇定后,他说,好啦,孩子,
我来照顾你。

她多么狼狈。随后他又说,
你永远不会忘记我了。
然后开车送她回家。

只有有病的男人,她说,
才会干那种事。
一定如此。

没病的人谁也不可能
那么疯狂残忍。他想把病
传染给别人——

---

* 此诗发表于《阿尔刻提斯》1935年1月号时题为《哈肯萨克来的强奸者》。据诗人说,是对一位护士朋友的遭遇的"如实描写"。哈肯萨克是新泽西州一小城,属纽约市内环郊区。帕森纳克则可能是个虚构的地名。诗人作有短篇小说《帕森纳克的有色女孩——老的和新的》。——译注

让自己心安。可要是我因此
感染了性病,
我就不要治。

我拒绝。你将第一个发现我死在
床上。为什么不呢?她就是
这样说的,

但愿我能枪毙了他。你怎么
愿意认识一个杀手?
我也许会那么干。

到这个周末我就知道了。
我不会尖叫。我咬了他
好几次,

可他对我来说太壮了。
我现在都还搞不懂。我从不
那么轻易就晕倒的。

当我恢复知觉,意识到
发生了什么的时候,我能做的
只是诅咒,

用我能够想得到的各种恶名
骂他。我很高兴

被送回家。

我想这是我的想法——害怕
传染。我宁愿怀过
一百万次孕。

可就是那脏污无法
治愈。还有恨,对所有男人的恨
——和恶心。

开场白与结束语[*]

正月！
万物之始！
从燃烧的旧鸟巢跃出
在烈焰中蒸腾！

我[①]十三岁结婚
我父母有九个孩子
我们流落在街头
因此那孬种才——

他当时二十六
我甚至一直都没拿到
零钱。现在再看我！

---

[*] 发表于《波扎特-威斯敏斯特》1935年春夏季号的较早版本末尾还有一节："你相信吗？／我甚至从来都不知道像别的／女人会是什么样，／直到生了头／六个之后。""我总是认为一切事物都始于一男一女的关系——一种构成的形式——我身边发生的事情——就像《帕特森的细节》。我的生活的逼真细节。我必须把它们写下来。"（约翰·C.瑟尔沃尔的笔记）
[①] "一个不识字的意大利女孩。"（出处同上）

创世记[*]

在英格兰挑一个够有脑子的
或当地人所说的,够有品味的,
也许,一位贵族——虽说够稀罕的,
让他得到一个怀着孩子、够泼辣的
女人,然后够模范地对待她,
使她有了足够的勇气之后,
离开那该死的地方,搭船来到纽
约,带着儿子她变得够大胆,
为自己找到了另一任丈夫,他也
够有头脑,娶了她
并把她带到圣托马斯,那里有足够
空间供那嫩芽茁壮成长。

---

* 此诗曾发表于《第5号项目》(1935年5月)。

冬　至

河流满了
时间熟了
给杀人的思想以休息

树上没有叶子
柔和的阳光使
结霜的大地黯淡

寂静君临
没有鸟，没有风
一年之中最短的一天

是吉利的

帆　船*

在一片部分被陆地包围的海中奋斗
保护它们免于遭受不受管辖的海洋
太沉重的打击；海洋愿意的时候

就折磨最大的船体；最优秀的人懂得
与它的打击对抗，无情地把来犯击沉。
在薄雾中好似粉蛾，在无云的日子里

闪烁着微光，扬着宽大鼓胀的帆篷
它们乘风滑行，把绿色的海水
从锋利的船头抛开，而水手在船上

蚂蚁似的爬行，殷勤地清理，解索，

---

* "我写了这整首该死的东西，一字没改。我在考虑三联韵体，但放弃了韵脚——对但丁的非常模糊的模仿。我很快就被自己的感情带跑了。"（约翰·C.瑟尔沃尔的笔记）"……帆船不会沉没，而是继续比赛，而它们只是**在想象中**被看到沉没了。帆船以其运动之美代表的是一种虚假情况，而（穷人的）真实情况是当'熟练的帆船驶过'时感到绝望。"（来自威廉·卡洛斯·威廉斯的笔记，连同他在1955年7月27日写给亨利·W.威尔斯的信一起归档在一个文件夹里：哥伦比亚大学珍本书和手稿图书馆一般手稿收藏）

使它们加速，在它们转弯，大幅度倾侧，
再度赶上风头，肩并肩，向目标前进时。

在一片守卫森严的开阔水域里，周围
大小船只环绕，态度谄媚，行动笨拙
或敏捷，追随着他们；它们显得年轻，罕见，

如同幸福的眼光，与心中一切的
优美共生，是无瑕的、自由的和
自然想要的一样。此刻，抱持它们的大海

喜怒无常，拍打着它们光亮的侧面，好像在摸索
什么极细小的缺陷，但完全失败了。
今天没有比赛。然后风又来了。帆船

动起来，争先恐后地启航，信号发出，它们
出发了。现在，海浪向它们打来，但它们造得太
结实了；它们溜了过去，尽管它们收起了船帆。

双手乱抓，手臂试图抓住船头。
胡乱抛在途中的尸体被切到一边。
它们周围是一片痛苦、绝望的人面之海，

直到这场比赛的恐怖来临，令人心惊，
这整片海域变成了乱作一团的充水尸体，
不再属于承载着它们无法抓住的东西的世界。折断、

打烂、孤苦,从死人堆里伸出手,被人救起,他们哭喊着,失败,失败!他们的哭喊声依然在海浪中响起,在熟练的帆船驶过时。

献给终结了的爱的赞美诗

（想象地译自西班牙语）

经过什么样的极端激情，
萨福，你达到了不死
之歌的平和？
如同大病初愈，如同大旱之后
释放的溪水奔流
给田野充满清新的气息
鸟儿从每根树枝上下来
走兽从每个洞穴里出来喝水——
吼叫着，歌唱着对一个
正在醒来的世界毫不吝惜色彩者。
　　　　　　　　　就这样
爱之后，音乐在爱之上流淌。
什么是爱？但音乐是
被打败被抛弃的维庸
从智慧的壁龛里出来
疑惑地看着这世界的莎士比亚

全部重新开始的阿利盖里①
被一朵玫瑰迷住的歌德
醉饮者李白,被爱
撂倒的歌者——

鸟儿和皮毛光滑的走兽
都属于这个群体,此外
还有所有愿意者——当爱终结
于最甜蜜的歌醒来之时。

---

① 但丁·阿利盖里(1265—1321),意大利诗人,代表作《神曲》给古今人物在天堂、地狱和炼狱中重新安排了座次。——译注

为戴·赫·劳伦斯*所作哀歌

灌木上绿芽尖尖
可怜的劳伦斯死了。
夜晚潮湿有雾
劳伦斯不再在世
回应四月的承诺
以劳作的愤怒
反对浪费,浪费和生活的
冷漠。

有一回他收到一封信——
他从来没有回信——
赞扬他:真有英国味儿①
他因此把自己提升
到没英国味儿的伟大。
现在死了,就更清楚
是什么苦涩驱使着他。

---

* "戴·赫·劳伦斯",指英国小说家戴维·赫伯特·劳伦斯(1885—1930),即诗句中出现的"劳伦斯"。
① "我给他写过信……戴·赫·劳伦斯从来没有给我回信……"(《威廉斯自传》)

现在是时候了。
洞窟里的蛇①
从石头上滴到
池中的水。
地中海之夜。克里特岛
火灾的灰烬。在北方
连翘在寒冷中
挂着黄色铃铛。

可怜的劳伦斯
要从春天的腐朽中
创造夏天
因愁苦劳作的愤怒而疲惫。
英国女人。男人不是被驱赶
到爱,而是到大地的尽头。
蛇转动他的
石头一样的脑袋,
固定的玛瑙眼珠也转动。

还有未开的长寿花
垂着它们抱拢的头。没有
夏天。但在这乍暖还寒的
季节,给劳伦斯

---

① 英国小说家戴维·赫伯特·劳伦斯作有小说《羽蛇》(1926)和诗《蛇》(1923)。——译注

充分的赞扬——
在树木长出叶子
簇簇青草不均匀地
点缀光秃秃的地面之前。

蛇慢慢倾身
在泠泠的水边啜饮
分叉的舌头保持警觉。
然后一屈接一屈,
玻璃般的强度,经过
特定地点,
就像被欲望所吸引
身体向前,它顺溜地
滑入。

站在海边或再度
沿着河岸漫步,与
同伴聊天,停下来
看水的边缘在何处
遇到不动的岸
并躺在上面——
洪水上涨,还将上涨,
撕开安静的山谷
诱捕吉卜赛人和女孩。
快要淹死的她紧抓
开花的灌木丛。

记住,现在,劳伦斯死了。
蓝色绵枣开花——献给
墨西哥高原的
灼热的干旱。或地中海
岛屿城市被烘烤的
公共广场
人在那里等公共汽车
而小船沿水路缓缓
到来。

但春天掠过
温带的土地、草坪和树林
年轻人在那里散步交谈
话都说不全,
并不急于赶往夏天,
听青蛙的叫声,谈论
鸟类和昆虫——

温泉流动而不热
但总是越来越慢,
背负着沉重的树叶。
现在没有什么
可以突破界限——
仍然被他们所限制。热,
热!未知。可怜的劳伦斯,
死了,只有溺水者

跳着舞从一艘游船的
甲板上掉落
不灭的欲望。

兔子，想象，
戏剧、文学、讽刺。
蛇无法转动
它的石头眼睛，几乎看不见
只能用分叉的舌头
接触空气来猜测
它浸入冷水
中的身体
消失了。

满含讽刺的太阳
把四月不是引向
气喘吁吁的舞蹈，而是引入
头脑中的静止，猛烈地浸入
然后也消失了。
姐妹们①穿过
暮色回到
对她们固执的长辈
有节制的怨恨。

---

① 劳伦斯的两部杰作《虹》和《恋爱中的女人》是从原本题为《姐妹们》的一本小说发展而来的。——译注

唧唧、唧唧、唧唧,
在长着玛瑙眼睛的蛇
倾身临水之处,蟋蟀吟唱。
年轻人的悲哀
劳伦斯已经逝去
不受英国的欢迎。
在花园里是连翘
在树林里
现在是皱巴巴的山胡椒
在开花。

星期天*

小小的狗叫声

锅中金属的铿锵声

一个恼人的高嗓音

和一个如拨弦般

悦耳的低嗓音——

速度均匀

彼此相让

溅水的泼剌声,小

块金属

掉落的丁零

声,关门的砰响

一首像时间一样无名的曲子——

然后是人声——

---

* "正如埃兹拉·庞德所说:诗人必须一直在写作,即使他没有什么可写的时候——只是为了训练。就像理查德·施特劳斯写《家庭交响曲》——我1910年在德国听过——为什么不利用房子里的噪声写一部交响曲呢?我把这种感觉写进了这首诗。只是指法练习而已。"(约翰·C.瑟尔沃尔的笔记)

略微移动的脚步声
慢慢地
和叫声:"什么?"
"同样的,同样的,同——"
椅子的拖拽声
嗑哩咔啼　嚏——

"过了劳动节,他们就
走了"
"泽西市,他是
工程师——""是的"
"在伊利铁路沿线①
相当方便"

"不,我认为他们——"
"我认为她是。我认为——"
"德裔美国人"
"当然,州——"

…………

远处的门砰然关上。
阿门。

---

① 拉瑟福德镇曾在伊利铁路沿线。

天主教徒的钟

虽然我不是天主教徒
但我专注地听,当他们
新教堂①的黄砖塔
里面的钟

鸣落树叶
鸣来树叶上的霜
和花朵的死亡
鸣走遮天

蔽日、飞向
南方的椋鸟,鸣来
克朗茨先生和太太②的
由于脸蛋太肥

还不太睁得开

---

① 新教堂,指拉瑟福德镇的圣马利教堂。
② 克朗茨先生和太太,真实姓氏是德施密特。"德施密特太太,移居到拉瑟福德的一个比利时家庭。这个家庭为《钟》所象征。我有些理解他们曾经历着我〔母亲〕那样的困境。"(约翰·C.瑟尔沃尔的笔记)

眼睛的新生婴儿,鸣走
戴着头套、嫉妒
那孩子的鹦鹉

鸣来主日的早晨
和随着衰减而增加的
老年之时。让它们鸣响
只是鸣响!在一位年轻

神父所绘、挂在教堂
墙上宣传上周礼拜
圣安东尼的九日连祷的
油画上方,为那个

穿黑衣、脸瘦削
戴常礼帽、匆匆
赶往11点弥撒的
跛脚年轻人(在

协和会堂①附近
沿路葡萄依然
挂在藤上仿佛
老人嘴里的破牙)

---

① 协和会堂,曾经位于拉瑟福德镇东的一座老旧德裔居民会堂,现已拆除。

鸣响。让它们为那些
眼睛鸣响,为那些
手鸣响,为我朋友的
孩子们鸣响——

她不再听得见
钟鸣声,但含笑
低声述说着
她女儿的种种

决定以及她丈夫的
朋友们的求婚
和背叛。钟啊
为鸣响而鸣响吧!

为鸣响的起始
与终止!鸣响鸣响
鸣响鸣响鸣响鸣响鸣响!
天主教徒的钟——!

简单是真实的印记*

一个美国纸火柴夹
合着,涂金,嵌画,
银行,一幢窄楼
黑色,蓝天里,朵朵

白云,远景中的
小窗户,亮绿的草——
一个六英寸金属文具盒,青铜
抛光,盛着一根蓝铅笔

六棱,它明亮的黄铜
箍头正逮着窗户的光亮,
暗红的橡皮磨下去了
一半,一根廉价的褐釉

蘸水笔杆歇在吸墨纸

---

* 此诗的第一稿发表于《布鲁斯》1929年秋季号,文字稍异。修订稿曾发表于诗选集《现代事物》(1934)。标题原为拉丁文成语(出自塞内加),拼写略有误。——译注

污渍斑斑的褐色麻面上
旁边一只牡蛎壳
污漫着烟灰，一株樱草

在一只金边碟子里，无花——
印有字母的
各种表面，瓶子，
印在两本电话簿

封面上的文字，诗的
标题，医学广告
传记日历，星期三18日
星期四19日，星期五20日，各种

色调的纸张从别的纸张
下面伸出，上面印的
图文无法对齐：我们
所失去的一切的肖像，

一座截短的金字塔，青铜色
金属（很可能只是
表面）与文具盒相配，文具盒
安装着一个四方、有合页的盖，

那墨水台，威尔士亲王
登上它那想象的
丘顶，曾经从那里
奋力一击高尔夫球。

死　婴[*]

打扫好奇的
　　度假者脚下的
　　房屋吧——
打扫桌下和床下吧
　　婴儿死了——

母亲坐在窗边
　　不平静,她的眼睛——
下面有紫红的眼袋
　　父亲——
高大、会说话、可怜
　　是两人中较能干的——

打扫干净这房屋吧
　　这儿有一位已上升
　　（虽然有些问题）
天国,盲目地
　　借事实之力——

---

* 此诗最初发表于1927年。

一场清扫
　　是一种祛除它①的方式——

快呀！他们随时
　　都会把它从医院
　　带回来——
我们的生命的一个白色标本
　　一个令人好奇的东西——
被鲜花环绕着

---

① 它，指死婴。西方人以婴幼儿雌雄未判，故不分男女，均以中性词"它"指代之。——译注

风大了*

  遭袭的
  大地被扫荡
      树木
  郁金香的绚丽
    苞尖
      歪斜而
  摇荡——

     放开你的爱
  去飞

  吹!

  老天爷呀什么是
  诗人——如果
     有的话?

---

* 此诗最初作为组诗《对春天的道德诠释》中的一首发表于《意象主义选集》(1930)。

一个人
他的词语会
　　　一路
　　　　　咬
回家——实实在在
具有运动的
　　　　　形式

在紧抓地面的

思想

遭受折磨的
身体上新生的

　　　每根

嫩枝末端

一条
　　通往最终叶尖的路

挨饿即伟大*

小小的、黄色的葱苗,
春天最初的绿,派到
曼哈顿街道的前驱,
就那样一把把薅起来,
洗净,切开,在锅里
煎熟时,尽管有点儿
发黏的倾向,假如烹调
得好,趁热就黑麦面包,
是一道完美的下酒小菜——
而最棒的一点是
它们到处都生长。

---

* 此诗在《早年殉道者及其他》(1935)中无标点。

给诺曼·麦克劳德的一首诗*

革命
成功了
贵族
变成了不牛①

这被
确认下来后
慈善济贫将
在帕克大道②实行。

或者如独角

---

* 威廉·卡洛斯·威廉斯欣赏年轻诗人诺曼·麦克劳德(1906—1985)的作品,曾为他写过数篇书评。"我非常同情诺曼·麦克劳德和他对穷人的社会态度。……我确实认为某种革命〔会到来〕,会打倒社交名流,给穷人一个机会。这种处理会剔除'客套'谈话的花样。诺曼不会'客套':他出身贫贱,行事方式就那样——他来自印第安人地区。"(约翰·C.瑟尔沃尔的笔记)
① 贵族(noble)的一种旧拼法是"nobull",拆成"no bull",字面义为"不牛"。——译注
② 帕克大道,美国纽约市曼哈顿区的一条繁华街道,原来叫第四大道。——译注

酋长①对
便秘的
找矿者所说：

你个大傻瓜！
说着用刀子
割开一棵站在
近旁的香脂树

采集着
渗出到一把
锡勺里的树脂
它解决了问题

你能做很多
如果你知道
周围有什么
不牛

---

① 独角酋长（1790—1877），美国印第安人一部落酋长，曾参与与殖民统治者签订媾和的《拉拉米要塞条约》。——译注

你都撒掉了你的生命*

　　无论你怎么走
　　无论你怎么转
　　无论你怎么站
　　无论你怎么躺
你都撒掉了你的生命

从一个盲目用脑瓜
顶撞障碍的
没用傻瓜，变得
聪明能干——专心一意，
准确操作，向着
既定目标——

　　无论你怎么走
　　无论你怎么转

---

* 此诗是对埃兹拉·庞德的一封来信的反应。庞德在信中责骂威廉斯"撒掉"（粗话，意谓如撒尿般浪费掉——译注）了他的生命（参见保罗·马里亚尼：《威廉·卡洛斯·威廉斯：一个赤裸的新世界》，1981年）。

无论你怎么站
无论你怎么躺
你都撒掉了你的生命

亚当、夏娃、城市[*]

(1936)

* 此诗集于1936年由阿尔刻提斯出版社出版,收录诗作19首。其中5首是译自西班牙语的翻译诗,题献给诗人的妻子,兹不译录。"这本书是《早年殉道者》的姊妹篇。"(威廉·卡洛斯·威廉斯:《我想写一首诗》)——译注

致林鸫*

天黑之前,在果园
对面鸣唱着,应和
来自树林
深处,此起
彼伏,音调较低——

起初我尝试用
俗套写诗赞美你,
却发现我要
拿出的不过是
自己的想法。不。

我能说什么?
　　　　欢乐的
林间美景突然觉醒
在受骗的世界面前。

---

* 此诗发表于《烟》1935年秋季号时文字颇异。

用沥青和铜做的细活[*]

此刻他们正在
无斑点的光中休息
一致而又分散

好像装满筛过的
砂石的口袋
两两整齐地码放在

平坦的房顶四处
准备午餐过后
打开来铺撒

八英尺长的
铜条已经被
沿着中线

纵向敲打成

---

[*] 此诗"真正道出着我与诗体的搏斗"(威廉·卡洛斯·威廉斯:《我想写一首诗》)。

直角躺着准备
为铺房顶作边框

还在咀嚼的一位
拿起一根铜条
让目光顺铜条滑下

玫 瑰

先是温暖，可变性
颜色和脆弱性

围裹紧实螺旋圆锥体的
花瓣的一种优美

渐至慷慨的放纵——
对于眼睛也对于心灵

大点儿！再大点儿！
大得好像喘气，直到

那黄金鹰眼一度冷冷地
说出它的完美

永远的美女*

它说话,它活动
有一种声音和变动——

额头
周围的头发,眼睛
对称地转动——

这与曾经存在的
东西无关而只是微笑
怀着独一无二的
自私——

    背衬着远在
热带窗台之外
新落的雪

---

* 此诗标题原文是法语"La Belle Dame de Tous les Jours"。——译注

中国玩具*

一块木板上
六只木刻的鸡

围成一圈
被系吊着

重物的
线绳拉着

玩耍的手晃动时
就啄起食来

---

* 此诗发表于《烟》1935年秋季号时题为《古老的引擎》。

亚　当[*]

他在海边长大
在一个炎热的岛上
黑人居住的地方——主要是。
在那里，他给自己造了
一条船和一个靠近水的
独立房屋
用于弹钢琴——
通过纯粹的毅力
和目的的力量
努力
像一个英国人那样
来效仿他的西班牙朋友
和偶像——天气！

在那里，他学会了
吹长笛——不是很好——

---

[*] 《亚当》和《夏娃》"是献给我父母的"（威廉·卡洛斯·威廉斯：《我想写一首诗》）。

从那里，他被赶出了——
赶出了天堂——尝到了
责任带来的死亡
那么优雅，那么做作，
带着那样高贵的气质——
此后
那奴役了他一辈子——

他在身后留下了
所有与贝壳和飓风
俱来的奇特记忆——
拉丁美洲人
懂的味道
声音和瞥视的眼神属于
无聊和漫长的酷热时辰
而英国人
永远不会理解——他们
责任已标明
需特别提及——有
属于自己的回归线
和自己的翅膀沉重的家禽
以及在午夜时分吐露
美丽的花儿——

可是拉丁文化把浪漫变成了
冰冷的目的。

他从未或很少
见过
使亚当的双膝融化
成果冻和绝望——又
靠教皇把它们举起的东西——

在热带夜晚的
窃窃私语下
有一种更黑暗的低语
是死亡特别为北方人
发明的
热带已渐渐
拥抱他们。

本来就足够了
只要知道和平
永远,永远,永远,
永远不会像太阳一样
来到这炎热的群岛上。
但是此外
还有一个特别的地狱
黑种女人躺在那里等待
一个男孩——

在木筏上赤身裸体
他可以看到梭鱼

亚当、夏娃、城市(1936)

在等着阉割他
俗话说得好——
环境会花更长时间——

但作为一个英国人——
尽管 desde que tenia cinco años①
他就没有在英国生活过——
他从不回头
而是始终保持冷眼
紧盯着那不可避免的结局
从不眨眼——从不松懈——
为了一纸推荐
悄悄进入地狱之口的
上帝的勤杂工——
给后人打着水
一本英国护照
总是在他的口袋里——
骑着骡子走遍哥斯达黎加
吃着黑蚂蚁馅饼

拉丁美洲女士们爱慕他
在她们的微笑之下
他连连掷出绝望的匕首——
尽管有

---

① 西班牙语，意思是"从我五岁起"。——译注

最彻底的考验——
发现他的英国心在玫瑰色的
钢铁中平安无恙。责任
那位天使
手中拿着鞭子……
——沿着天堂的矮墙
她们坐在那里微笑着
朝他
挥动她们的扇子——

他从来只有一个家
冷冷地
耐心地
盯着他的眼睛——
一言不发,默默地
保持绝望、不变的沉默
直到不慌不忙的最后。

夏 娃

请原谅我的伤害
既然你已经老了——
请宽恕我的笨拙
我的不耐烦
和简短的回答——
我有时在你的脸上发现
对我有一种不解的怜悯
你的儿子——
我从未与你亲近过
——主要是你自己的错；
在这点上我像你一样。
这就好像
你居高临下
看我——不是
带着他们所谓的
傲慢，而是和我
内心里一样：一种
羞愧，怕世人
会像我看你一样看你，
一个有点幼稚的生物——

没有心机——
不设防备。

因为你不设防备
我也,可怕地,
欺负你,
(就像你对我一样)
我的母亲,一直把你
囚禁着——以
保护的名义
当你那么疯狂地想要逃脱时
正如我也希望
逃脱并跃入混沌
(在那里时间
还没有开始)。

亚当死后
它就明确地出世了——
不是一般
可能设想的,而是
一个恶魔,为火而战
它需要呼吸
以求复活。
一个最后的机会。你
盲目地踢向你前面
撞在金属上差点儿

把你的腿踢断——然后下沉
有气无力。
这就是我负疚的
惊恐——和甜蜜
即使在这迟暮的日子
才有某种表示

我意识到你为什么希望
与死者交通——
又是我
试图让你安静
你不该
令自己出丑
让他们脸色自然
瞪着眼看你——
颤抖着,啜泣着
抓向无济于事的手
直到一个心灵看着你
顿生不快——对那
什么也没有说清楚的
咕咕哝哝感到恶心
而逃之夭夭——

这与其说使我害怕
不如说让我羞愧。我想保护
你,让你免受耻辱——

看到你这样伸出手来
伸向自找的空虚——

就好像你没有能力
保护自己——
还有我——如果我们不
必被如此的护卫——

因此,我提出这最后的恳求:

宽恕我吧
我曾经是个傻瓜——
(现在依然是个傻瓜)
如果你不是已经太瞎
太聋,太迷失在过去
而不知道或不关心的话——
我将写一本关于你的书——
让你活(在一本书里!)。
既然你仍然拼命地
想活——
永远活着——不宽恕

我将给你白兰地
或葡萄酒
只要我认为你需要它
(需要它!)

因为它能鞭策

你的头脑和感官

给你的脸带来色彩

——点燃那对于庸常者

太过粗糙的生活,

那狡黠的淫邪

那能生的黑暗

其中激情交媾——

反映着

创造的闪电——

和月亮——

"C'est la vieillesse

inexorable qu'arrive!"①

人们会认为

你会与时间和解

而不是朝它那样张牙

舞爪,在夜里担惊

受怕——大声尖叫

不情不愿,不休不止

而不感到羞耻——

难道它不可以夺去

那瘫痪又变形

---

① 法语,意思是"到来的是无可避免的老年"。——译注

虚弱的躯体，那失明
又失聪，颜色尽失的——似乎
总是在听着、看着、等着
仅仅耻于
那唯一和最后的
堕落——
毁坏的面容

不，绝不。不设防备
你仍然会保留
它出租给你的
各种装备
直到被从
你的掌握，从那些
手指的最后紧抓中夺掉
那些手指拿不动刀
来切肉，却能
在一种催眠般的出神状态中
紧紧钳住向你伸出的
手，以至于我们的骨头
在这非同寻常的压力下都要裂了——

水仙花的圣方济各·爱因斯坦[*]

关于爱因斯坦教授于1921年春对美利坚合众国的初访

"甜美之地"
终于!
从海里出来——
记得维纳斯的小浪花
荡漾着笑声——
给水仙花的
自由!
——在一阵摇撼
果实累累的果园的
强扯的风中——

---

[*] 此诗最初发表于《现代事物》(1934)中,开头两节与此处定本颇有不同。"当伟大的发现出现的时候,总是心灵的春天。同时,爱因斯坦在其科学想象的纯洁性方面难道不是如圣人一般吗?如果是圣人的话,在我看来,圣方济各看到的麻雀或驴子,与世界上其他任何生物一样值得喜爱,这种究竟的逻辑,也同样适用于爱因斯坦在若干年前之到达美国,以那一刻的应季形状和颜色来庆祝这一事件"(作者注,载基蒙·弗赖尔与约翰·马尔康合编《现代诗歌》,纽约,1951年)。亚西西的圣方济各(1182—1226),天主教方济各会创始人,动物和自然环境的守护圣人。阿尔伯特·爱因斯坦(1879—1955),美国和瑞士籍犹太裔物理学家、相对论创立者。——译注

爱因斯坦,如同紫罗兰
在花架角落里那么高
高如
一棵开花的梨树

哦,萨摩斯,萨摩斯
死了,埋了。莱斯比亚
一只在翻新的花园里的
黑猫。都死了。
他们所歌唱的众生
都腐朽了
不要再歌唱它——
年轻人和老年人肩并肩
一起晒太阳——
枫树,绿的和红的
黄吊钟花
和大红的椴椁花
一起——

梨树
开着恶臭的花
摇曳着高高的枝梢
往返运动
有粉红花
和珊瑚红花的桃树
在那白头发

老黑人的
光秃秃的鸡场里，他把
下了毒的鱼头藏在
这里那里
流浪猫会找到它们——
找到它们

春天的日子
快速而多变
风从四面吹来
忽热忽冷
摇晃着花朵——
现在东北风
在浓雾中吹动，使草地
变冷滴露。夜
黑沉沉。但在夜里
东南风来了。
果园的主人
开着窗户
躺在床上
一层一层
掀掉被子

希之死*

一天早晨
风扫着
街道

我读到：诗人
和女人
被发现枪击身亡

凶案中可见
约定——
在艺术家的

套房里自杀——
他们的遗体
穿戴整齐

---

* 此诗最初发表于诗选集《现代事物》(1934)，文字稍异。希，指诗人哈里·克劳斯比。他于1929年12月10日与约瑟芬·罗齐（阿尔伯特·比哲娄太太）相约在艺术家友人斯坦利·摩尔提未（即诗中的M）的工作室里自杀。参见杰奥弗利·沃尔夫《黑太阳》（纽约，1976）一书中有关叙述。

被发现
用
一条毯子

半盖着——
希
被描述成

一位诗人
但他的诗
发表在

何时或
何地,M 说
不上来……

这增加了
一些
吸引力——

突然
雪树
闪耀

照亮来自一个
清净世界的
心灵

致一位前辈诗人*

能
而不为

静如花

无焰,
与热
同销的花——

低垂
    在雨中
美丽的花

    绝不!

素

---

* WCW（威廉·卡洛斯·威廉斯名字的缩写）于1935年12月8日致信《诗刊》主编哈丽叶·门罗:"我当时心里所想的诗人是艾米莉·狄金森。"艾米莉·狄金森(1830—1886),美国著名诗人。——译注

白于昼

永久等待
被雨摇撼
　永久

未 名*

出自《帕特森》

1

你美丽的手
你美丽柔嫩的手!
神恩、天国之乐
为世人所预言的

在认识你之时
得到的反映——
有福,如我,且谦卑
因这样的极乐。

2

我看见
这些花时

---

* 诗人早在1927年就开始构思长诗《帕特森》(1946—1958)。这些诗是为寻找适当的语言而作的习作。

如遭
雷击!

你本不
该是——

郁金香,她说
且微笑。

3

我买了件新
游泳衣

只是裤衩
和胸罩——

我还没有
给

我妈妈
看。

4

比花儿更好看的

是你的样子
我亲爱的——

你来了我真高兴
我以为再也
见不到你了。

绛红仙客来

(纪念查尔斯·德穆斯①)

  白里透着红晕
  绛红略偏玫瑰色
  ——都是一种颜色
  从那些花朵
  低垂的火山口
  花瓣向后翻卷
  仿佛被风吹起——
  虽然笼罩和穿透
  它们的光线
  也在那里发现
  有蓝色和黄色——
  在这样的游戏旁边
  绛红是个沉闷的词——
  但在它们所处的
  这个冬天衬托下
  其效果——是绛红的——

---

① 查尔斯·德穆斯以善画花卉闻名。

这真奇妙

花朵应该与

同样美好的

花朵并肩升起——

就好像近乎

完美的镜子

永远也炫示

不够一样——

寂静抱持着它们——

在那个空间里。而

色彩已经从空无中

被诠释出来

在那里觉醒——

但形式渐次到来。

开花之前

植物就在那儿

总是如此——叶子,

一天天变着。在

九月,当第一个

粉红尖儿的花苞还在

下面弓着身子时,所有

心形的叶子

已经舒展——

扭曲而鲜绿

并印有较淡的

绿色
不规则地
跨越和围绕着边缘——

每一片叶子上都是
一个图案——更多
有逻辑而没有目的——
把每个部分与其他部分联系起来,
一种抽象作品
活泼地依照
向心的
设计,如出自纯粹的思想——
边缘凭借着
会聚的、狂乱的射线
与中心相连——
在那里向下倾斜
收拢到
直立的茎——那在
这设计中如此具有
装饰性地呈扇形
伸展开来并返回
自身的本源——

反常的叶子就是
这样的,如同思想一样
出自空气,出自黑暗的

根，复杂，来自
地下的革命
和等待月亮的
恶臭气味——
来到其余叶子中间的
嫩叶
更为薄脆
更深地收拢
边缘先升起
不耐烦较慢的
茎——较老的
摊平，最老的
边缘已经
向后坠了一点——
唯独茎
僵硬地保持
形状长久些——

叶子下面，也是如此
尽管那光滑的绿色
已经消失。现在叶脉
设计——如果不是
目的，就得到了解释。
茎的粉红色凸缘
十分引人注意
挺立到虚弱的边缘

分叉，变细

通过粉红色有绒毛的

网——因为滚圆的茎

也是粉红色的——通过

一切，弯转

成拐角熟练的

铅笔线条，把完美

无缺的论证

与最后的起皱边缘联结到一起——

在这里，下与上

相遇并消失

唯有空气开始

离开它们——

留下的结论仍然

呆钝、飘忽

如果翘曲而有古旧斑点

发白而有条纹

停歇

在茎的领带上——

但半藏在它们之下

如它们本来的样子

就开始必须

让思想休息——

在有色的鸟嘴里醒来

依然抬着头
激情
得到释放——

它的小情欲
仍旧针对
膝盖和睡眠——
放弃论证

一天又一天
穿过叶丛
抬起
有一天绽开！

花瓣！
被解开的花瓣
松开所有的五片并
摆动起来

花朵
流动起来释放——

快速地在一个圆圈里
其中密集的
受孕
代理

依数学原理
排序
躺在那
发丝般的刺儿周围——

从这样一个凹窝中
色彩流溢
遍及
紫色边沿

向上朝着
光！光！
周围——
五片花瓣

如一体
张开，反向
一朵完整的花
每片花瓣都受偏心力

折磨
同时，翘曲的边缘
推挤着
半翻的边缘

肩并肩

直到密集、紧绷

均匀着色

到达最后的精细边缘

一种狂喜

从紫色的圆圈中

攀升（尽管

仍然在那里坚挺）

每片花瓣

由于在自身肉体中

紧张过度

都成了玫瑰——

玫瑰红

挺立着，直到它

向后弯曲

到其他花瓣上，上方，

以过度

回应着狂喜

全都一起

要杂技一般

不像被绑着

（虽然仍被绑着）

而是直立着
仿佛它们从

上方垂悬
到溪流上
由此
它们有了纹理而闪亮——
脆弱的果实
由于脆弱至极
在紧绷的时刻开放
不对豆子
不对成熟
不对根
不对叶，不对茎
而只对颜色和形式——

那是激情
早于和晚于思想
凌驾于思想之上
在瞬间的危险时刻——危险
本身就是一朵花
提升并吸引它前行——

比平庸的思想更脆弱
更卷曲
玫瑰红

最高的
最快凋谢
变黑
落在自己身上
不成形状——

而花朵
长老了些，开始
变化，现在更大了
不那么紧绷了，到了全盛期
就愈加放松、舒展
花瓣掉落
颜色变淡
经由紫罗兰色到
近乎白色——

原本全红的花瓣
结构
现在开始显示
从一个深处中心的脉络
及其他如细微划痕的脉络
逐渐减退到边缘
光线透过那里
越来越多地显示
逐步渐变的褪色
看起来妙不可测——

白天升起，更迅速
更短暂
比依然保持
良好的思想
更虚弱放松——颜色
撤退而花朵
仍在成长
它的玫瑰色近乎全部消失
一种黎明泛紫的黑暗
绘出一个更深沉的午后——

白天逝去
在色彩缤纷的地平线中
多彩交会
都不那么光艳夺目了
现在花瓣向后垂得厉害
直到花朵与花朵相接
四周围
花瓣尖对尖
融合成一朵花——

永动：城市

    ——一个梦
我们两个
   每人
分别
  曾梦着

关于爱情
   和
欲望——

二者在夜里
混为一体——

在远处
   在
草地上
   白天
则不可能——
   我们
到达时

城市
消失了——

　　　一个梦
有点儿假
面朝它
　　　现在
我们站着
　　　凝视着
惊呆了——

一下子
　　　在东方
升起！

　　　全白！
　　小
如一朵花——

一簇槐花
一丛棠棣
　　　开着花

沼泽之上
　　　一朵野生
玉兰花蕾——

　　　　绿里
泛白
一种北方的
　　　　花——

就这样
　　　　我们活着
　　　　看着——

夜间
　　　　它醒来
在黑暗的
　　　　天上——

一个梦
　　　　面朝它
我们相爱——
在夜间
　　　　更
加有点儿
　　　　假——

我们养育了
我们挖掘了
我们计算了
我们的成本

我们购买了
一张旧地毯——

我们敲击我们
不令人满意的
　　　智能——

欲望没有
　　　尽头——

我们来突
　　　破
到那儿去——

徒
　　劳！

——香甜的
　　　娱乐：

四处游逛——

钱！在
装甲卡车里——
两个男人
　　　走着

彼此相距
　　　两步
他们的右手
　　　在胯部——
在自动手枪的
枪把上——

直到他们自己
抢劫银行
他们自己
　　　开车离开
为他们自己
　　　钱
在装甲轿车里——

　　　为了爱!

小心地
　　　小心地系扎
小心地

　　　从长长
黑发中选出的
几缕
　　　一缕
又一缕

在他那鬈毛的
根茬上——
他们工作了
两个小时
　　　三个小时——
　　　直到
他把那
　　　粗粗的结
缠绕在
那娼妓式的
　　　头上——

不知不觉
　　　拖在
他的脸上
皱纹边上——

——一匹奔马

　　　为了爱。

他们的眼睛
　　　爆出——

——为了爱,为了爱!

暴雨和
狂风都——
无法阻止他们

　　　为了爱!

每天
完成
　　他们
既定的回合——

吞噬
油腻的食物
　　　同时
在地下室
　　里
看不见处——
废弃的油脂
陈腐的蔬菜
　　　被抛下
垃圾道
　　　世界上
最脏的水槽——

一万堆
垃圾

浮在外潮
　　　上
漂向大海
好像阻碍
新船的
水草——
排水管里
一条鳗鱼
曾在那里长肥——

　　　没有尽头——

那里！

　　　那里！

那里！

　　——一个梦
有关灯光
　　隐藏着
铁的理由
　　和石头
一朵安定的
　　云——

城市

　　　它那无比
辉煌的
　　　星星——
　　　和
镶着亮边的
　　　云中的
　　　月亮——

　　　带来

寂静

　　　上气不接下气地——

在一个夏日里
　　　流泪的城市
那硬硬的灰色
　　　在一堵
雨墙中
　　　越缩越小——

　　　珍重！

中断*

(1941)

* 此诗集以小册子形式于1941年由新方向出版社出版,是该社"当月诗人"系列丛书的第一种,32页,收录新、旧诗作共25首。——译注

一首情歌：初稿，1915

当我们见面时，
我有什么话要对你说？
然而——
我躺在这里想你
爱的污渍
在这世界上。
黄色，黄色，黄色，
它侵蚀着树叶，
用橘黄色污染着
角状的树枝，树枝
沉重地
倚靠着平滑的紫色天空。
没有光——
只有浓稠如蜂蜜的污渍
从树叶滴到树叶
从肢体滴到肢体
破坏着整个
世界的色彩。

我是孤独的。

爱的重量
支撑起我,
直到我的头
撞到天空。
看我!
我的头发滴着花蜜——
椋鸟
黑色的翅膀上沾着它。
看,终于,
我的双臂和双手
都无所事事。
我怎么知道
将来我是否还能
像现在这样爱你?

我的英国祖母的临终遗言[*]

挨着又臭又乱的床
她旁边的小桌上
有一些脏盘子
和一杯牛奶——

皱巴巴的近乎失明
她躺着打着鼾
醒来就喊着要食物
语调中带着愤怒,

给我点儿吃的——
他们要饿死我——
我没事儿我不要去
医院。不,不,不

---

[*] 此诗第一稿最初发表于《跨大西洋评论》1924年3月号。此修改稿大有删节,发表于《愤怒者》1939年夏季号,并附注云:"闺名艾米莉·狄金森,1837年生于英格兰奇切斯特;1920年12月1日卒于纽黑文神恩医院。"诗人祖母的娘家姓很可能是"狄更森"(Dickenson),但自从他发现了艾米莉·狄金森的诗之后,就常把祖母的姓拼作"狄金森"(Dickinson)。

给我点儿吃的!
让我送你
去医院,我说
你好了之后

爱干嘛就干嘛。
她笑笑,对
你先干你爱干的
然后我干我爱干的——

噢,噢,噢!她叫喊
当救护人员把她
抬上担架时——
这就是你所谓的

让我舒服吗?
此时她的神志尚清醒——
噢你以为你聪明
你们年轻人,

她说,可是我告诉你
你什么也不懂。
然后我们出发。
在路上

我们经过一长排

榆树。她透过
救护车窗户看了
它们一会儿说,

外边儿那些个
毛乎乎的东西是什么?
树吗?好吧,我受够
它们了,说罢歪过头去。

即兴诗：傻缺*

接受邪恶的威士忌作为补偿，撩起
你们的裙子露出你们的丝绸内裤
作为补偿；这是设计好的。
你们就是这个。你们的请求总是会被拒绝。
你们也总是会跟那两个家伙——
用以拯救共和国，尤其是马萨诸塞州的
替罪羊——一起前去。州长
如是说，你们就不该
询问细节了——

你们的案子已经由思想高尚

---

* 此诗作于1927年。"我相信他们〔萨科和范泽蒂〕被糊弄了，新英格兰合伙整了这两个人"（约翰·C.瑟尔沃尔的笔记）。费迪南德·尼古拉·萨科（1891—1927）和巴托罗密欧·范泽蒂（1888—1927）是意大利裔美国人，无政府主义者，1920年被控在马萨诸塞州南布伦特里市武装抢劫一家鞋厂期间杀死两人。尽管诸多证据表明，二人当时并不在场，但由于他们的无政府主义信仰和被捕时有枪在身，陪审团于1921年7月14日裁定二人有罪。随后民众纷纷请愿，但都遭到拒绝。时至1925年，此案引起世界关注，多地爆发抗议活动，各界名流纷纷呼吁赦免二人或重审该案。1927年4月，二人被判死刑，引发民众不满。为此，马萨诸塞州州长聘任三人委员会调查该案。数周后，该委员会宣布维持原判。1977年，马萨诸塞州州长发表声明正式为二人平反。——译注

毫无偏见的观察员评审过了（他们
就像地狱！）：一所名牌大学的
校长、一所著名理工学校的
校长、一位老得在板凳上都坐不住的
法官[1]，由于对教育学和强制实行
武断法令的贡献已经得到了报酬的
人们。换句话说
给传统拉皮条的龟儿子——

他们到底为什么不挑选别的种类的
"毫无偏见的顾问"组成他们的
死亡委员会呢？反而却执着于
波士顿逆流的那寡头性格，只不过
那委员会远非毫无偏见
而是一个早已过气，只在法庭和学校
有用，被排斥，无信用的
阶级的产物，只不过他们
想要如此——

他们为什么不挑选至少一位体面的
犹太人或某位头脑公正的黑人或任何人
除了如此颠三倒四的三巨头，

---

[1] 反对赦免萨科和范泽蒂的调查委员会由哈佛大学校长艾伯特·劳伦斯·罗厄尔、麻省理工学院校长塞缪尔·W.斯特拉顿和前法官罗伯特·A.格兰特组成。

新英格兰的贵族，一心一意要发泄
对你们的怨恨，美国人，你们
是傻缺，你们这种人将会
在十一号前去接受电流
射入体内①，为了本州的光荣
和抽象正义的永存——

而这一切都面对着以下事实：
那人曾发誓，并且这样做以故意
欺骗陪审团，说在死者
体内发现的子弹可以
被认定是从被告之一的手枪
射出的——后来
又承认他无法如此认定；
罪案发生七年之后，现在
陪审团成员已记不清，而且
早就想忘掉细节；
控告方从未成功
逮住同案犯，或把被盗物品
与在押犯联系起来——

针对你们的罪证十分充足，所有
文件都这么说——尽管事实是

---

① 原定萨科和范泽蒂将于1927年8月11日受电刑处死，后推迟至8月23日。据此可推断，此诗可能作于8月7—10日间。

按理来说可以肯定你们不在
犯罪现场,如同
呈堂证据中的指控事实一样
令人信服,更合理的推断显示,
犯罪者另有其人,可以
与被盗物品联系起来,在其中
也可以找到同案犯——

没用,你们是美国人,只是人渣。
这是你们应得的一切。你们拿到了现金,
你们还他妈的在乎什么?你们
无可丧失。你们是一个伟大传统的
继承人。我的国家,无论对错!
你们只听命照办。你们不会像
托米·杰夫或本·富兰克或
乔吉·华盛①那样回答。我要说你们
不会。你们文明化了。你们让比你们
更强者告诉你们在哪儿下车。去吧
向前——

但毕竟,砸向你的最重的东西
是当他们抓你的时候你
被吓坏了。请解释一下,你这

---

① 托米·杰夫、本·富兰克和乔吉·华盛,分别是美国开国元勋托马斯·杰斐逊、本杰明·富兰克林和乔治·华盛顿的昵称。——译注

中断(1941) 115

天之骄子!因为你知道每个
美国人都是无辜的,内心
平静的。他没有一样该死的事情
可怕。他知道政府是为
他的。嗨,在夜间当警察走上前
来抓你的时候,你只是大笑,以为这
是个他妈的好玩的玩笑——

这是最初就设计好的。
那就接受你们腐臭的威士忌和
丝绸内裤作补偿吧。这是你们从中
所得。但是你们用心记着
干这种事他们不能不承担
后果。它就在那里而且已经上膛。没有谁
能理解是什么把现在这个时代造成
这个样子。他们被某些坚持
神秘化了。

一场婚礼*

    在
冬天的冰天上面
一条河流的黑暗之上
城市的轮廓在做梦：

这是我自己的！一朵花，
一个水果，一只动物自身——

它不认识我
而且永远不会。然而，它是我自己的，
我的心外出向它走去——
默默地——

    却在我自己的胸腔里
为我所爱的你滔滔不绝
——无法表达我的爱
是什么，它如何变化，尽管

---

* 此诗作于1928年，分别发表于《斯克里布纳杂志》1930年7月号和《现代事物》1934年卷，题为《河流与天空结婚了》。二者文字颇异。

我在浪费它——

　　　　　它是
一条河，流过垃圾
杂草的枯茎
从上面落下的壳冰
丁香花，仿佛带着对你的
思念——

这是我的脸及心情
我的心情，一片皱起的白色
被快速而持续不断的
水流晃动着
就像一个水潭——

　　　　刺骨的风中
一个波兰人，她的双臂
抱在胸前
踉跄着走近。要看
什么？顺流而下。这是
一股旧世界的味道：穷人
不节俭的人，被什么信念的
错误所热情地偏爱——

　　　　现在，一个男孩
正在把一个粗壮的金属鼓

从河岸下面滚上来。
那女人和那男孩,两个
窃贼的形象,与那物体
搏斗着……在这种光照下!

    仍然
有一棵没有叶子的树
就在水的边缘而——
      我的脸
对你持续不变!

那些人[*]

莫斯科的尊严在哪里?
比帕赛克的尊严更重要?
有几个人给画布添加了
更好的颜色,仅此而已。

河流是一样的
桥梁是一样的
关于太阳
有相同的东西可以发现——

看帕赛克河水流动
多么冰冷,铁灰色。
波兰人教堂的
球形塔楼

就那么严肃地那么梦幻地
亲吻着天空
如同在华沙,如同在莫斯科——

---

[*] 此诗最初发表于《日暮》1928年6月号,文字稍异。

紫烟从工厂

烟囱中升起——只是,
看到它在头脑中把它画下来的
那些人是不同的
或可能是不同的

为长诗《帕特森》作[*]

一个像城市的男人和一个像花朵的女人——在恋爱。
两个女人。三个女人。无数个女人,每个都像花朵。
但只有一个男人——像城市。①

1. 细节

她的奶水似乎不……
她总是饿但是……
她似乎恢复得不错,
我不知道。

---

* 这组诗共15首,出自诗人于1939年3月9日交给新方向出版社詹姆斯·劳克林的一份87页打字稿《为长诗〈帕特森〉所作细节与戏拟》。该稿是长诗《帕特森》在主题、形式和组织等方面的早期构思,不久就被放弃了。
① "到了1941年,构思就有了,表现在《中断》中所包含的三行里;这三行被逐字用于《帕特森》卷一前几页中,尽管分行略有不同"(威廉·卡洛斯·威廉斯:《我想写一首诗》)。

2. 枯叶间的麻雀①

〔第一稿〕

铁栅栏柱近旁的
麻雀
难以看见

因为枯叶
半掩着
它们——

刨着
树叶——激烈地
争斗

和鸣叫
寻找
和

啄食尖锐的
沙砾
以利消化

---

① 参见《楔子》集中的修订稿。

以及爱的
暧昧和无法满足的
胃口

3. 圣瓦伦丁节

女人的乳房
代表美丽
男人的欢喜
代表魅力

责任的
杵与臼
使我们
不受伤害!

女人的眼睛
女人的
大腿和男人的
直视:

腐败成猪圈的
城市
将依傍那部书
站起来!

4. 有时气候干燥,树叶在变美之前就落了①

这个水晶球体——
我在其边缘行驶——
变得灿烂——
平坦的河流闪亮!

我的爱!我的爱!
我们多么悲哀地成长:
蓟草帽和
苏木或一棵树,它们

锋利的叶子
如它们一样完美
看得不远——
只到草丛里。

5. 以姐妹的方式

那丑女人紧搂着
她爱人的脖子
她的皮肤白如雪
她轻声对自己啜泣

---

① 原题《爱,悲剧家》。

知道她缺乏美貌
就像死亡的刺痛——
她以姐妹的方式
借此赞美你完美的
肢体和甜美的气息

6. 细节

我在九月间有过一次不幸，
就在我度假结束的时候。

对此多年来我一直避而不谈。
只是一次事故。没根由。

根本没有，没感觉。我太
老，没法生孩子。嗨，我五十了！

7.罗利是对的[①]

〔第一稿〕

我们不能去乡下
因为乡下不会带给我们
　　安宁
那高草丛中生长在毛茸茸
茎上矛头形叶子间的
小紫罗兰能告诉我们什么?

虽然你赞美我们
并令我们想起歌颂过
我们的美丽的诗人们,但那是
很久以前!
很久以前!
那时乡下人
会耕田播种

[①] 16世纪英国诗人克利斯托弗·马娄（1564—1593）作有《多情牧童致情人》一诗，拟牧童的口吻，许以种种非凡的乡间乐趣，引诱村姑与之同居。诗云："来跟我同居，做我的爱人，／我们将体验乐趣无垠；／……这些乐趣若打动你的心，／就跟我同居，做我的爱人。"沃尔特·罗利爵士（? 1552—1618）和以《山野村姑答牧童》一诗，以调侃的口吻予以驳斥和拒绝。诗的末节云："要是人人年轻，爱情永驻，／每一位牧童的话都算数，／这些乐趣就会使我动心，／去跟你同居，做你的爱人。"除罗利的和诗之外，同时代及后世诗人和马娄诗者还有约翰·邓恩、西·戴·刘易斯以及威廉·卡洛斯·威廉斯等。此诗作于1941年。——译注

心灵开花,口袋
宽裕——如果这是真的。

不是现在。爱情本身是一枝花
根子扎在干旱的土地里。
空空的口袋
造就空空的脑袋。如果你能够
那就治愈它,但不要相信
我们今天能生活
在乡下
因为乡下不会带给我们
　　安宁。

8. 未知的

　　漂亮的鸟儿
　　飞
　　在雪上
　　你存在吗?

　　你真的在
　　飞
　　还是我想象
　　如此?

　　翅膀和胸脯的

细节
　　不容置疑地
　　在那儿——

　　或是我仅仅
　　以为你
　　在半空中
　　很完美?

尾声

　　怵动的心
　　翅膀
　　和胸脯的羽毛

　　与这
　　凄凉
　　相对立

　　在爱中
　　亲爱的,我的爱
　　细节即一切

9. 果实累累

你是个典型的美国女人

你以为男人长在树上——

你想要爱，只要爱！最稀罕的
男性果实！把它掰开

在又脆又白的果肉里面
找到对称的褐色种子。

10. 细节

嘿！
我能再喝点儿
奶吗？

可可可可可以以以以！
——总是温柔的
母亲！

11. 深思的恋人①

拒不接受一切
半心半意。要么拥有
要么离开。

---

① 此诗发表于《诗世界》1939年7—8月号时文字稍异。

但它将持久——否则
它不值得
拥有。

决不要开始
你无法结束的
任何事——

然而别因为
你挨饿就
失去信心!

她说她
爱你。相信它
——明天。

但是今天
那难能的艺术
诗的

细节
要求
你全神贯注。

中断(1941)

12. 花车游行的结尾①

句子音韵抑扬
扬不起歌声——
它太老了,词
语分崩离
析。唯有打击乐
节拍继续
虚弱地
强调着一度是
充满香甜气息的
悠扬旋律的东西。

13. 细节

大夫,俺在找你
俺欠你两块钱。
你还好吧?

好。等我拿到了
我会跟你说的。

---

① 此诗后来又发表于1943年11月20日的《纽约客》,文字稍异。

14. 亲切的道别

你？为什么你
只是在吸
我生命的血。

如果面包师
和垃圾工
必须受招待

我在乎什么。
拿走你
可能给的

然后见你的
鬼去吧。我要
去别处了。

15. 其一其二其三
〔第一稿〕

其一　爱的跳蚤
　　　正是我的。进入我
　　　虫子之类的
　　　直到我崩溃

和它一起蒙上水汽
膨胀
被吸进
一朵兰花。

其二 但跳蚤们
太害羞了
不想
冒犯

躲避着
气味
无法
放松

其三 那就接纳我吧
寂寞的精神
无法满足的
爱的精神

就这么着吧——
因为没有气味的
时间即
没有我的时间

非法事物

水仍在流——
画眉仍在唱

尽管在
天边

在遥远的
尽头

挤满了
……炮火的回声![1]

炮声的沉寂使
一道又一道

---

[1] 此行在发表于《诗刊》1939年9月号的版本中为:"炮声!／炮声!"

山谷复归于宁静
犹如诗篇仍保存着

古老狂喜的
语言。

饥荒预言者

白昼,黑河
起波而湍急——

黯淡的城市
嵯岈的环形上
天空的石板
平滑而一动不动:

一只鸥低飞①
溯流而上,喙钩得
厉害,眼光
紧盯着在做准备的河水。

---

① 低飞,原作"低而缓慢地飞"。诗人在赠给妻子的一本《中断》(现藏宾夕法尼亚大学)中删改为现在的措辞。

中断(1941)

时代画像

两个水渍险业务员
站在新修的
俯瞰着

河面的
引水渠里——
一个在尿尿

另一个
以有棱角的
红脸

显示那
无始以来缺乏爱的
悲剧

同时①一个
斜眼老妇人

---

① 同时,原作"而",此处为后来的改动。

身穿黑色

衣裙
攥着
一束

晚菊
贴在
发福的胸前

在拐角处
转身背对
他们

在天空的衬托下*

至少不要让我忘记,
在下了三天的雨后,
那两只燕八哥昂首扬喙,
在接近白橡树顶端的

枝头,俯临着
畜舍,补全着雕刻的
叶丛细小的绿色块,它们
子弹似的脑袋向后仰着,角质的

嘴唇朝着朝阳喋喋
絮语!赞美吧!当那些
鬼魅般的歌手绕着圈儿飞翔着,
几乎看不见,从松树

---

* 此处所译是《楔子》(1944)中的版本,与较早的原版本文字稍异。——译注

疾射到杉树,从杉树又往南
疾射到松树时。往南!在那里
新的交配使感官回暖,寒冷
不侵,以求暂时休整。

最后的转弯*

〔第一稿〕

那就看吧！注意令人不安的
细节——十一月的一个傍晚
在53街与第8大道交叉口
从一盏红灯后面，有交叉
探照灯的爵士舞回应着欲裂的
头脑的疯狂编织：一摊
半紫半裸的女人
尸体，其点缀着珠宝的
内脏被车辆往来拖拽——
没有哪幢房子不被
黑暗轰掉了脑子！
什么也不可辨认，
除了由所有方向
造就的一整个慌乱的方向
拼写着这不可思议者，
肉体上的颜色，而肉体
即颜色，即一个天然却至高的
世界的守护神……

---

* 参见诗集《楔子》中的修订稿。

楔子*

(1944)

* 此诗集于1944年由康明顿出版社出版,收录诗作50首,109页,题献给路易斯·祖可夫斯基。"我总是以此书为骄傲。那序言,以最坦率的散文写成,是对那时我的诗歌信条所作的一种解释——为尽可能久远的一切时代。"(威廉·卡洛斯·威廉斯:《我想写一首诗》)——译注

作者序*

战争是今日世界里首要和唯一的事情。

艺术一般不是,这种写作也不是为求解脱而躲避战争的消遣、转向,而就是战争或战争的一部分,不过是战场的不同区域罢了。

优于一般水准的评论家最近几年说过,社会主义实现以后,可能诗歌就不再有用了,就会消失了。这只能来自一种对诗歌——以及一般艺术——的错误定义。我没听谁说过,数学可能会过时,不久会消失。那为什么诗歌会?

这是一个可归诸弗洛伊德式概念的谬误,即艺术是逃避挫折的胜地,一个仍盘踞在许多头脑中的错误观念。

他们似乎是说,行动本身在所有阶段都与挫折不兼容。所有行动都一样。可是狮心王理查①至少写过他那个时代最精美的抒情

---

* 此文是根据威廉·卡洛斯·威廉斯于1943年10月26日在纽约公共图书馆所作的一次讲演整理而成,随即作为作者序加入诗集《楔子》(1944),后重印于《晚期诗合集》(1950) 和《威廉·卡洛斯·威廉斯杂文选》(1954)中。诗人后来在谈及《楔子》时说:"我总是以此书为骄傲。那序言,以最坦率的散文写成,是对那时我的诗歌信条所作的一种解释——为尽可能久远的一切时代。一如既往,它是在具有巨大的信念和兴奋期间写成的。我自信对诗歌有话要说。""另一篇我觉得重要的东西是《楔子》(1944)的序言。我认为它说出了我对我所学到的我这种诗的写法的感觉。"(威廉·卡洛斯·威廉斯:《我想写一首诗》)——译注

① 狮心王理查 (1157—1199),英格兰国王,以武功卓著闻名于世。——译注

楔子(1944) 145

诗之一。就以唐璜①为例吧。谁又不受挫折并且不用行动证明呢？——如果你想这样说的话。但是通过艺术，有心理创伤者可以成为他那个时代最杰出的人物。以弗洛伊德为例。

诗歌创作就像亨利·凯撒②或铁木辛柯③的工作一样，并不是挫折的证据，而是战争，是欲望朝着一个复杂的目的地的挺进。那目的达到时，数学和艺术将转向别处——必要的话，超越原子——以求酬报；就让我们全都一起受挫折吧。

一个人不是一个静止不动的块状物，尽管心理学家如此对待他——而且大多数人相信这种看法，且头脑不正常地引以为傲。一贯性！他会变动；今天是哈姆雷特④，明天是凯撒⑤；此处，彼处，某处——如果他要保持他的头脑正常的话，为什么不呢？

艺术对于社会有一种复杂的关系。诗人不是固定的现象，他的作品同样不是。那也许是一份时事记录、诊断结论、程序计划、回想追忆——全都具有其独特耐久的形式。对于它，无需有什么受限制和阻挠的东西。它可能是从最激烈和最成功的行动出发的起跑或是与之平行的奔跑，一种传说。它可能是一个要记忆的基本细节的拣选，储存起来以备进一步研究的某种东西，一种以后备查的感情意义的速记。

---

① 唐璜，西班牙古代传说中英俊风流的浪子，有许多在脂粉堆里冒险的经历。——译注
② 亨利·凯撒（1882—1967），美国实业家，有"美国造船业之父"之称。——译注
③ 斯蒂芬·铁木辛柯（1878—1972），俄裔美国科学家，有"现代工程力学之父"之称。——译注
④ 哈姆雷特，英国戏剧家威廉·莎士比亚（1564—1616）的作品《哈姆雷特》中的主人公。——译注
⑤ 凯撒，莎士比亚的作品《尤利乌斯·凯撒的悲剧》中的主人公。——译注

让形而上者好自为之吧,艺术与之毫无关系。如果乐意的话,艺术在关注其他事物之余,也会与形而上者发生关系。就提出两点干巴巴的主张吧:一、对于机器没有什么滥情可言;二、一首诗是一台用词语造的小(或大)机器。我说一首诗没有什么滥情可言,意思是,一如在任何别的机器中,不能有多余无用的零件。

散文可以像一艘船一样运载一堆说不清道不明的东西。但诗歌是一台驱动它的机器,修剪得臻至完美经济。犹如在所有的机器中,其运动是内质的、波浪式的,与其说是一种文学特性,不如说是一种物理特性。在诗作中,这种运动由于生成它的话语的特性而处处显著。

因此,每一种话语都有自己的特性,它所生成的诗有其内在形式,也会特别适合那种话语。其效果是美,在一个客体里解决了我们对于得体的复杂感觉的东西。人并不寻找美。一位艺术家或斯佩里①所能做的只是,按照其材料的性质,向目标挺进;在需要巴氏合金之处不用纯金;去制造:用他继承、幸遇、遭遇或不管怎样得到的用以工作的媒介,依照他的天赋和驱动天赋的意志,把他的感受之复杂表达清楚。别谈论什么催生艺术的挫折。词语的杂乱不纯太过普遍,如今已不适于那话题。

我自己对艺术的兴趣一直是业余的,正所谓起自沟渠,出于必要。每时每地都是适用于其自身的。但是在美利坚合众国,认识这内在特质的必要性一直普遍被各大院校的英语系所忽视。

当一个人作诗时,请注意,是作诗,他拿在周围发现的彼此关联的词语缀连——不加扭曲,那样会损害它们的确切含义——成一种他的感受和激情的强烈表达,以至于它们在他所用的话语

---

① 美国水手保罗·A.斯佩里于1935年设计的一种划船防滑鞋的牌子。——译注

中可能构成一种启示。成就一件艺术作品的，重要的不是他说的什么，而是他制作的什么，以强烈的感受，使之得以以自身内在运动活着，印证着其逼真性。你的注意力时不时地被引向某个美丽的诗句或十四行诗组，是由于其中所说的。就算是吧。在我看来，所有十四行诗都说着同样无关紧要的事。诗句"说"什么有什么要紧的？

杰出的诗歌无不在形式上有所创新，因为艺术作品正是在密切的形式中获得其确切含义——在这一点上，它们最像机器——从而赋予语言以最高尊荣，在其土生土长的环境中的光彩。只要艺术活着，还有一口气在，这样的战争就持续不断。

也许我在此表达的兴趣是先于艺术的。果真如此的话，我就寻求沿着这些线索发展，而不会满足于别的什么。

算是一首歌*

让蛇等在
草下
让写作
用词,时慢时快,犀利
出击,静静等待,
不休不眠。

——通过比喻调和
人与石头。
构思!(事物之外
别无意念)发明!
虎耳草①是我的花,可分裂
岩石。

---

* 此诗最初发表于《旧诗行》1943年4月号时,文字稍异。其中表述在长诗《帕特森》中又有所重现。
① 虎耳草原文"saxifrage"源于拉丁文"saxifraga",义为"分裂岩石的"。——译注

灾难性的生产*

愤怒与反愤怒！火山！
站稳了，别打弯。化学性质
转变。蒸馏罐不会破裂。
变化揭示——变化。
启示是合成的——
由重新聚集的怒火合成的

通过暴力失去，通过暴力重获
只有暴力才能打开坚果的外壳。
最好的很难说——除非
靠近断裂处。除非外壳挺得住
否则果仁就不甜。
在暴力之下，果仁重获新生

每个时代对暴力都有新召唤
要求新的奖赏，旧的变种。

---

* 此诗最初发表于《VVV》1942年6月号，文字稍异，署名写作日期为1942年4月22日。原本是为长诗《帕特森》所作，打算用于第二卷的。所描写的是1902年加勒比海雷火山的爆发，那次爆发"扫灭了我母亲家族，于拉尔家族的最后残余"(《自传》)。

除非每个人都坚守
除非每个人都保持僵硬
就不可能有新的。新的开启
超越所有已知途径的新途径。

闭嘴！这个大块头南欧女人大笑。
等到你有了六个像我这样的。
每年一个。使劲儿！挤！当然，
你说的对！也许明年我有一个。
像火山一样出汗。它使你净化。
让你内心感觉良好。使劲儿！挤！

当墙被夷平时，僵局就变成
一扇门。火山锥升起，升起
又落回去。生活在继续。火山锥
堵住火山口，提升了一半高度。
生活在继续。橘子树开花。
老妇人们不知疲倦地交谈。

实验室正式宣布
没有必要担心。那
火山锥正在消退，烟雾上升
像个漏斗进入蓝得不自然的天空——
变化迫近！一场变化在岩石中
隆隆作响。我们相信什么也不会改变。

破裂会到来,带来死亡的
化学反应不会被长久抑制。
出自山谷的可怕的喷发块、
谨慎的预言家以及
闲人们。启示已完成。
平静在焦土之上重生

只剩下一个人,那个醉汉
他曾被关在地下
与老鼠和蜥蜴一起腐烂。
那个为孩子梳理头发的
老妇人也完好无损
但一碰,她就化为一堆灰烬。

只有那个被耻辱地关在
地下的人被活着救了出来
而他什么都不知道
只知道站在那里咒骂当局
他们把他留在那里这么久,没有食物
和酒,在他们把他向外挖的时候

雨会落下来。风和鸟儿
会带来种子,河流改变
河道,鱼类重新进入。

海风将从东方吹来。
残破的火山锥在天空的边缘
轻柔地呼吸,暴力复活并重整。

帕特森：瀑布[*]

有什么共同语言来解读？
瀑布，被梳理成直线
从岩石之唇的那个橡子
挂下来。进击！一些尖锐

短语的中部，一些
包装整齐的从句。然后……
这是我的计划。四个部分：第一，
戏剧中的古人。

一种鸟和灌木丛的永恒状态，
分解了。一个解读的过程：
混乱的溪流对齐，并
排，说着话！声音

与力量结合，一种——从高处——
坠落的力量！那只穿

---

[*] 此诗最初发表于《看法》1943年4月号，文字稍异，描写长诗《帕特森》的主题和结构形成的后期状态。

衬衣的传道者的狂野嗓音
与之匹敌，听

我说！我是复活
和生命！回荡在
鲈鱼和狗鱼，来自
巴巴多斯、马尾藻海的纤细鳗鱼

中间，沿着海岸线蔓延到那
天赐福地，池塘和荒野溪流——
第三，老城区：亚历山大·汉密尔顿①
从圣克罗伊岛②发展而来，

从那片海！还有一片更深的，他从
那里来！被那不动声色的咆哮声
冷冷地阻止，钉在了
那里：岩石沉默不语

但水，与石头结合，
虽然冰冻，却滔滔不绝；水
即使在冰冻的时候
也仍在低语和呻吟——

---

① 亚历山大·汉密尔顿（1757—1804），美国开国元勋之一，宪法起草人之一。——译注
② 圣克罗伊岛，加勒比海中美属维尔京群岛中最大岛。——译注

而在脆生生的空气中
工厂的钟声响起,在黎明时分,
雪在他们脚下呜咽。第四,
现代城市,一阵

脱离了躯壳的咆哮!大瀑布与
它的喧嚣被拆开了——而且脱离
一切学问,空洞的
耳朵从内部被击中,咆哮着……

舞

在勃鲁盖尔的杰作《狂欢会》[①]中，
跳舞的人们转啊，他们转啊
转，风笛、小号和提琴的
尖叫、聒噪和荒腔走调
倾倒着他们的肚子（圆得像
厚边玻璃杯，盛着生啤酒糟）
他们的腰胯和肚子转得
失去了平衡。满集市地
踢啊滚啊，摇摆着屁股，那些
小腿一定很健壮，才挺得住这么
欢快的节奏，他们大步舞蹈
在勃鲁盖尔的杰作《狂欢会》中。

[①] 或指佛兰德斯画家彼得·老勃鲁盖尔（约1525—1569）的油画作品《婚礼上的舞蹈》（1566），或指《农民舞蹈》（1567—1568）。其孙女婿大卫·小特涅尔斯（1610—1690）作有题为《佛兰德斯人的狂欢会》（1652）的油画，其中也有类似舞蹈场面。——译注

作者为一部诗剧所作的序曲[*]

在你们的头脑中,你们从屋门跳
到悲伤的离别、鸽子、恐怖的
梦,到大教堂;低头,
被赶走,双膝颤抖,走向关闭的
没有钥匙的门或穿过一个拱门
到一片充满了声音和泡沫
奔腾着的海洋,铺设一块地毯为
给你作乐,或到一片挥手
放出鹰和乌鸦的树林中,或到
为争抢地盘或任何东西而
又挤又打的人群中。你们看到它
在你们的头脑中,而头脑立刻
推揉它,翻来覆去,检查
并安排它以适应它的幻想。
或者说按照一种模式来改变它,
那就是头脑本身,翻转

---

[*] 此诗最初发表于《日历:1940年诗选》(1940),文字大异。内容则与诗人于1941年开始创作的剧本《众多的爱》和1945年开始创作的剧本《一场爱之梦》有关。

并扭动主题,直到它获得
一个意义或者发现没有意义而
被丢弃。通过这样的构思,
无需规则,我们看到的场景就会活动,
并且如可能发生的那样,造就
一种音乐,一种诗歌,
蹩脚的诗人就会抄袭,如果
而且只有在他能够的情况下——来惊人
和娱人,为了在公开场合
让你们的快乐,与你们面对面
单独和秘密地说话。

我们不在这里,你们明白,
而是在头脑中,那种环境,
有关它的话语就是诗歌。
那么请看,我请求你们,试着
去看你们自己的内心,而不是
看我将会发现什么。
你们自己!在你们自己内部。告诉
我,是否你们在那里看见,活生生的!
一个与其他不同的生物,某种
粗俗得不同寻常的东西,
某种奇怪的、在这个世界看来
不自然、可怜地忍受这个世界之苦的东西,
在家里被绊倒,在办公室
被管束,贪婪地吃着钱——

为了一个目的：逃避谎言的
暴政。而他们所能想到要
娱乐你们的只是一场球赛吗？或是
八月间在范迪门之地①滑雪
——来娱乐你们！你来这里难道不是
为了逃避这个吗？因为你们只是
被转移了注意力，在血液中并没有得到缓解，
死气沉沉，一败涂地，无精打采。

但这！是新的。请相信它，现在
就会被你们的耐心所证明。
穿过它的公开外表
跑出来——不是被剥光了
而是，如果你们能原谅我，
在你们头脑中，你们是，也许
却又一直是的什么，没有被认识到的，
悲剧而愚蠢的、没有舌头的。
这就是它。你自己，你所是的
那个东西，没有话语——因为没
有语言表达它，令人震惊地暴露了。

如果我说你除了诗歌之外

---

① 范迪门之地，欧洲人对澳大利亚塔斯马尼亚岛的旧称，以荷兰东印度公司总督安东尼·范迪门之名命名。1803年，英国人在该岛建立了定居点，该岛于1825年成为殖民地，1856年改称塔斯马尼亚。——译注

没有别的语言，会令你不安吗？
你，你自己，我是说。除了
这首诗，没有别的语言表达它
——被批评家们所篡改，直到
你认为它是别的什么东西，打
回去，只当无稽之谈，一种谎言，
散发着尸体的气味，为现实
世界所拒绝。怎么可能是你？
绝不可能！没有发明。如果
你有耐心，它就是你自己的
未被发现的语言，你所躲避的，
富有的和贫穷的，被杀的和杀人的，
一种要从诗人那里哄劝出来的语言——
可能是一种难以忍受的语言
会惊世骇俗——对此
你是不习惯的。我们必须把它
给你弄容易了，慢慢地喂给你，
直到你放下障碍，
在它面前放松。但这很容易，
如果你允许我继续的话，它
能够做出转变，请给它许可
让它在你内心做它的工作。

接受惯例吧，就像你接受
歌剧，临时性地；让我去干吧。
等着看启示是否

发生。可能不会。
也可能来来去去，一次
一丁点儿。但即使是碎片
也是无价的。等着学会
它的说服手段，随着它完成
从常见者到未被披露者的
转变，并任其曝露
在那里——你会看到一张惊恐的脸！

但请相信！诗歌将会
用你所知的用语，坚持这一点
并且能够而且必须突破一切，
所有外在的形式，谦卑地
给自己重新穿上衣服，而你
自己会说这就是真理，是
平凡人的特殊真理，
非凡的真理。你将会看到。

与其说它是男性的，不如说它是
女性的，与其说它是书，不如说
它是话语；在头脑之中，对于
头脑，就像金属对于岩石一样自然，
是一种要素，是傀儡，如果它们呈现
特别，那也是来自那隐藏的
尊严，是它们在你的许可下，
从你那里反映的，而你即诗剧。

这是一出关于丈夫和妻子的剧。
既然你爱你的丈夫或你的妻子
或者如果你恨他或者如果你恨
她,就请注意这语言!看你是否
认为它多少表达了一些
就你所知,发生在头脑中和世界上
却很少在嘴唇上的事情。这出剧
是关于一个女人和她的情人,全都
搅在一起,关于生命死亡以及
贯穿那些奇怪交易的所有
秘密语言,很少有人
听到过,除了在现在被充满敬意地
弄得不自然的最死板的表演中。

为了快乐!快乐,不是为了
残忍,而是为了逗你笑,直到
你就像华盛顿将军一样在河边
哭泣。看到旅行者们
在那里洗澡,他们的衣服
被偷了,他笑得多开心啊!而
看到你们自己全都赤身裸体,
在舞台上,你们将笑成什么样!

烧圣诞树*

它们的时候过了,被拉倒
撅折,扔进火里
——轰轰烈烈上天国

面目全非,在火里烧得干干
净净,绿
消散了,鲜活的红
火焰的红,红得像血,猛醒
在灰烬上——

然后回落到稳定的燃烧
重新点燃的炉床变成
一幅火焰的风景

在冬天的半夜

---

* 此诗发表于《诗刊》1944年1月号时文字稍异。诗人自注:"我们家发生的一件事。当然,无人能逃避如此结论,即此诗预见到,在摧毁往往安慰心灵的传统旧习之后,也许那种'状态'会有一次再生,但肯定是心灵的。"(《现代诗歌》,齐蒙·弗莱尔与约翰·马尔康·布林宁合编,纽约,1951年)圣诞节之后焚烧圣诞树是美国基督教家庭的传统习俗。——译注

我们曾去树林,找粗糙的
冬青、冷杉和
铁杉的绿

在黑暗浓重
寒冷潜得最深的
时刻,我们带回从绿树上
砍下的枝条

以满足我们的需要;在
门厅上方,在包着锡箔
扎着红丝带的
纸做的圣诞钟周围

我们把绿枝杈插
在窗子上,悬
编结的环,在图画上方
挂鲜活的绿。在壁炉

台上,我们造了片绿森林
在那些铁杉
枝叶间放了一群小
白鹿,仿佛它们

在那里漫步。这一切!
似乎对我们温和而

亲善。它们的时候过了，

解脱！屋子光秃秃。我们

把它们塞进死灭的
炉栅，下面是半烧尽的
木柴将熄的眼，红红的
睁开又闭上；

我们站在那儿低头看着。
绿是一种慰藉
一种和平的应许，一种对抗
寒冷的堡垒（虽然我们

没有这么说），一种超乎
大雪的重炮之上的
挑战。绿（我们本
可以说）——小鸟

藏在其中躲避着
高喊着凄厉的
口号——为小鸟挡开
并击落

风暴那不长眼的
子弹。绿云杉枝

被积雪的重量
压低——变了形!

暴力踊跃出现。
懦夫!被吼声振作起来
就在火焰升腾而起
令我们的眼睛避开之时。

在参差的火焰中绿
变红,瞬间活了。绿!
那些结实的连接……没了!
不再被记得

在炉栅那渐窄的
隧道中倏忽
出现了一个世界!黑
山,黑又红——还

没有颜色——灰白,
闪烁微光的灰烬和火焰构成的
新生的风景;我们,在
那一刻,迷惘了,

楔子（1944）

屏住呼吸作见证人,
仿佛我们精神
焕发,置身于
那火的闪耀的动物中间。

披枷戴锁*

当黑卫兵和杀人犯
在其公职的掩护下
指控世界充满那些
他们自己发明出来折磨我们的
罪恶时——我们别无选择
只能屈服于他们的设计,
抵抗它们或被它们蹂躏
同时我们的心思在我们体内
无助地咬牙切齿和咒骂——除非
我们从此学会避免
像他们那样,获知爱会
从它的灰烬中生长起来,如果
我们给它浇水,捆束起那纤弱的
茎秆,把它那鲜活的花朵形象
凿刻在我们的心灵上保存起来。

---

* 此诗最初发表于《诗刊》1939年9月号,文字稍异。

缩至一点的世界

美酒和爱情
当心灵无趣时
把智力集中
于一个形式的世界

目光觉醒
香味被准确描述
音调
骑乘着灵敏的听觉

美酒和爱情
挽救模糊的感觉
赶走它的绝望
给它一个家。

观察者*

怎样的一个坏血病头脑
其不断的呼吸
依然在模仿
死亡的形式——
不能或不愿
拥有普通的
事情那是我们必须
做的,为了再生
恋爱并
体验爱情所有
刺激的乐趣——

---

* 此诗又发表于《诗刊》1940年11月号,文字稍异。

流淌的河*

你美好得像一条河
在宁静的天空下——
有一些不完美之处
但被一缕音乐所覆盖——

讲述着河水沿着
多么幽暗的河床
流向我思绪中闪光
荡漾的什么样的海洋

---

* 此诗是组诗《为长诗〈帕特森〉作》中的"以姐妹的方式"部分之一。

受骚扰的恋人*

我们将去哪里?
我们将去哪里
　　恋爱中的我们?

朱丽叶去了
劳伦斯修士的小屋①
　　可我们不得安息——

雨水躺在
硬实的地面上反映着
　　清晨的天空

可我们将去哪里?
我们无法把自身分解
　　成一颗露珠

---

* 此诗发表于1941年10月25日出刊的《纽约客》时文字稍异。
① 在英国剧作家威廉·莎士比亚(1564—1616)的悲剧《罗密欧与朱丽叶》中,女主人公朱丽叶应男主人公罗密欧之约,去劳伦斯修士的住处,在修士的主持下,二人秘密结婚。——译注

也无法沉入大地。
难道我们将延期
　　到永恒？

转向了僵尸鬼的
秋麒麟草
　　干枯的花头

在茎秆上晃动
发出着严重的警告。
　　我们将去哪里？

祈福祷告的律动
并不令冷风
　　回转。

治疗方案*

有时我羡妒别人,也有点儿
害怕他们,如果他们写得好。
因为无法写作时我是个病人
并且想死。原因很明显。

但是他们无法进入我的源泉。
那就让他们随便写吧
尽可能完善吧!他们永远也不会
抵达那与深不可测的底部的形式的秘密,

相纠缠
我们每天在那上面行走
你和其他人一样从那儿跳起
到我手上,像花儿一样开放。

---

* 此诗是组诗《为长诗〈帕特森〉作》中的"以姐妹的方式"部分之一。

给所有温柔

像一个新涂了银色的圆柱形罐子
倒扣在人行道上为某家
管材商店做广告,大丛的
粉红色玫瑰在雨中蓬头低垂——
对我述说着所有温柔及其
坚忍。

 在合围的雨中安然无恙,
沉重的花朵托起的一根
泪柱:新的和不可能的,不可
分解地结合在同一匠心之作中。

由于担心花朵被折断
玫瑰伸出刺。这
就是自然之道。

 我们无才,怜惜
花儿,依然无法以着重的
强调充分赞美它的沉默,
作为国家背景的歌剧的发明者;

经典的传统,嘶吼的
脸谱,早已衰败,在我们的时代
也会灭亡。

而他们,
委婉地,说到反诗①!
垃圾。被忽略了的半个世界……

这是对温柔的赞美吗?

狮子

根据古画将
与羔羊同卧。但所表示的意思
还没有得到足够精确的说明:
错过了或——推迟了。
箭!好让箭飞起来!

随即她把箭扣在弦上,那
卫生的箭!那,新月,她
可能会达到稳定,也许以后会在赛会中
赢得一个奖项或把它变成职业
成为这门艺术的老师。

---

① 华莱士·史蒂文斯在为 WCW 的《1921—1931 年诗集》所作的序言中用"反诗"一语评论其诗,令 WCW 大为恼火。

——无辜的箭杆,被释放,
向前扑去……

   法院
人满为患,恐惧笼罩着所有亲密关系
除非合法化——而金钱,
与政府相关,仍然作为
投机者心中的奇迹在增长,

购买
  (发酵给他们的颅骨撬开
更大的缝)

   购买,我们可否说,青
草,或者也许一小朵云(在
它的阴影中,一股上升的风在盘旋)或者
如果是布兰奇王后①,就购买一池塘
睡莲或雨水本身。

自然之道,购买!

   ——收买。

---

① 卡斯蒂耶的布兰奇王后(1188—1252),法兰西国王路易八世的妻子,路易九世的母亲,曾两度临朝摄政。

但是,如果一架飞机的机翼在战斗中
掉下来,一次不确定的着陆,如果
他被飞机那碎骨裂肤的螺旋桨
打入海中,

受伤的他自认无望生还,然后——
他的伤痛被海水所缓和——出于
习惯继续前进,独自在不断
探询的海浪中间泅游十二个小时、十四个
小时……被救起
回到此生来。

   这也是
自然之道,通过利爪和律法——

        对此
我们是反对的!

    因为大多数人
害怕温柔并误解它,
如果他们偶然遇到
较长的摆幅,上升或下降,
冲刷和摇荡,他们就会感到难堪——

冷漠的问题——
        上升的

楔子(1944)

波浪或弯曲到低谷的波浪:

游了一小时又一小时,他以前
在西雅图所过的健康生活支撑着
他……

    或者是这样吗?谁
能说得清呢?一个月后,他们解除
他在医院的隔离状态后,
历经那一切又回来,说:
我回来了,说到做到!

      哥白尼。
肖斯塔科维奇。是机遇的问题
还是人的问题?拿一个苹果,把它掰开
在拇指之间。哪个是哪个?

陷入更宽广的起伏
洗牌中,一个被拉下来,另一个
被冲上去;一股急剧增殖的
海藻,或一头冻在冰块里的猛犸象,
鬃毛俱全,可供后来的狗刨挖
和吞吃……

    这阶段,是最高级的!

　　　　　　　除了
将我们的生命合为一体的
温柔。

　　　但是,射!直接射,
他们说。箭飞起来!倒钩
被驱送到位……力量
猛扎到弱点上,抽搐的狂喜

达成,在撞击的瞬间
我们被震聋耀瞎了,看不见
太阳和月亮,明亮的
月光离去,看不见鱼和鸟:

　　　　　　　　　　在
游水的鸟之上的穿白衣的鸟
和来自森林深处的
那就是鸟儿的歌声,看不见。

轰炸瞄准器调整的毁灭在城市
上空悬于一发。投弹!
满满的话语降落——而且
恰如其分。

　　　箭!箭!

楔子(1944)

只是……那是……

时机已经失去!没有我们的份,那
完成,那得知的时刻。大门
打开过,也消失了,
　　　　　　没被认出!

那是,是的,雅库斯,奖品,奖品!
在那里,从你那儿被扣留的东西里,
我那活泼的小伙子,就藏在里面。

　　　　　　这朵花就是我们的标志。

马利筋,光秃秃的堤坝上
一根茎(而
想象力从哪里开始?

　　　　暴力和
温柔,哪个是核心?温柔
是核心吗?)

　　　纤细的绿色
从沙子和瓦砾中向上伸出(他们
无知地说道的反诗,一种
脱离)

作为花的前提,
没有它,就没有花。

　　　　　她是
船舶铸造厂一个小组的女班头,
将完成的零件清理到
装货平台上;曾三次流产,
都是男孩,跟她同居的男人生的——
第四个也可能是个男孩,为此
他娶了她。

　　　　很强悍,是吧?

　　　　　　从来没有过背痛。

不是大腿的周长,而是
窝藏着所有暴力的温柔,
有效的并置,彼此
相依,交替,余弦、
圆柱体和玫瑰。

三首颂内诗[*]

1

随着目光抬起,原野
在移动——河流,
缓缓地在石头之间
平稳地在光秃的
树枝之下,在密密叠摞
边缘嵯岈,镶着薄霜的
厚重石板之下,流向大海——

从前这滩涂是什么样的
挤满了,闪耀着
拳头大的金刚石,
亲眼看见都难以置信

---

[*] 这组诗发表于《日历:1942年诗选》(1942)时文字稍异。颂内,原文"sonnet",意大利语义为"声音",是一种抒情短诗体,通译"十四行诗",但实际不限于十四行,比如这组诗,故又有"桑纳""商籁""索内""颂内"等音译。此处沿用郭沫若首译的"颂内"则可视为半音半义译。——译注

2

寂静、积雪的群山
不改变镇定的
姿态——断续的线条,
大块的黑暗
迎接初升的太阳,觉醒
在漂着浮冰的河上的
海鸥之上,毫不
妥协。

　　你不能帮我,
你无法改变。我会
在清晨睁开眼睛,即使
眼皮被冰封得
比石头还结实!

3

我挚爱的妻子,这——尽管
肯尼迪医生①说
那重复损伤的故事

---

① 肯尼迪医生,很可能是福斯特·肯尼迪医生。诗人在过铁路道口时开车过快,致使妻子头撞在车顶篷上而颈椎受伤,曾咨询过肯尼迪医生。

会在离婚法庭上听起来
不好——那个杂种:

在这一个女人身上
我找到其余所有的——或一无所有
从此养育她们,在那里
赞美她们,闭上她们的眼
把她们埋在她体内,
装点她们的坟墓。对她们的
记忆缠在她身上,各个
不同,丰富着她
而我还活着享受,也许。

诗　作*

它全在于
声音。一首歌。
又几乎从不是歌。应该

是一首歌——由细节，
一群黄蜂，一株龙胆，
构成——直接的
东西，张开的

剪刀，一位女士的
眼睛——醒着的
离心，向心

---

* 此诗是最初发表于《诗刊》1939年9月号的《诗人及其诗作》一诗十至二十行的改写。

玫 瑰

战争时期
玫瑰的宁静
令我想起
那麻雀
刚开始的长眠
它的头扁平而不受惊扰地枕在
磨光的路面上
或属于与一本
令人喘不过气来的书
共度的快乐时光
当宁静还是早就开始了的
一种永恒之时

伦巴！伦巴！*

不，不是西方
世界的衰落
而是一个白痴
　　头脑中
对其衰落的希望——
跳舞吧，宝贝，跳舞！

由此迸发冲突，
随后就会
　　　激烈碰撞；
不屈服，而终于
一阵大笑声中——
恰恰，恰恰，恰！

为掩盖缺点——
艰难地支撑着的
负担，为要完善！

---

* 此诗发表于1940年8月19日的《新共和国报》上时文字稍异。

融化在想死的希望中。
跳舞吧,宝贝,跳
　　这古巴伦巴!

祈求怜悯

那永恒的处女①在他
面前闪耀,他却
冷得像块石头,谁又
不曾感到烦恼?

---

① 永恒的处女,指圣母马利亚。——译注

菲格拉斯城堡*

九卡车珠宝
而人民在挨饿
九卡车
在泥里

而人民的敌人
正快速赶来。把它们
塞进你们的口袋
将军说,

以上帝之名,它们是你们的,
为了人民把它们交给
在佩皮尼昂①的

---

* 此诗发表于《方阵》1939年10月号时文字稍异。其内容涉及"忠于西班牙共和国的人士之被监禁。他们躲避佛朗哥的胜利之师,翻越比利牛斯山逃入法国境内时,未把政府剩下的珠宝移交给驻法国领事馆"(马里亚尼)。菲格拉斯,西班牙东北部小城,在西班牙内战期间,忠于共和国政府,屡遭叛乱分子轰炸。其中有建于1753年的圣费尔兰城堡,现为旅游胜地。——译注
① 佩皮尼昂,法国南部城市,东比利牛斯省首府。——译注

领事馆。

可是有些人并不
照办——就像最初偷窃
它们的那些人
并没有

因此而被捕,因为这些是
他们所需,没有因此
而被拘,因为这些是
他们所亟需。

永 恒

她来了,就像河流一样
来自北方乡下,现在在城里
工作——

什么时候?今夜。街道
黑暗,她迟到了。两个
年轻混混

蹦蹦跳跳下山来,在
寂静中,叽叽喳喳。这时
他听见

她的高跟鞋的咔嗒声——在他
这个年龄!黑暗
渐变乳白

在他头顶上远处,似乎在
动,在下降。她
出现了

没戴帽子,戴着珍珠耳环
披一件斗篷。我们
去哪儿?

男孩朋友在等我
很难
走开。

你应该在哪里?
夜,比
诺亚①

胸部的蓄水池涌出的瀑布
大,巨大的夜
把光

变成果子,到处都是
在黑暗中活动。
奥林匹亚

将期待着他,他从她
身边游开,之字形穿过
黑暗——

---

① 诺亚是长诗《帕特森》的中心人物/城市/诗人形象的名字之一。

一半的东西鼓胀起来
腐烂掉了,悬挂着,处在
虚假的角度,

被遗弃!从此行驶将近
两百英里
接近

午夜的时候,给水箱加一次水,
左手边,在第二股
车道,

兄弟。星星们表演了
它们定时的奇迹。
风

起了,呼啸到凌晨3点
随着一阵小雨而变
暖。迅速

或缓慢,从一个到另一个
光的胶囊,他在星星之间
看到了

天空!天鹅绒,像一片叶子,
细节历历在那里

随意计数,

继续,后来在一盏路灯下
停下来做
一些笔记。

奥林匹亚,她的脸拉长,却松了口气
什么也没说。七点
早餐。

努力的听者*

无权的皇帝
在花园里写诗
把自己弄呆
而他的军队
在烧杀。可我们,
贫困中缺少爱,
与关乎人类不幸的
真理保持着
某种联系:未遭
虫害,只等
天寒,晚开的
花儿说。

---

* 此诗最初发表于《希卡》1939年3月号,重印在诗集《楔子》(1944)中时略有改动。此处所译为修订版。

争　议

你知道些什么呢？建筑师说。
行政人员问我，你到底
对生意了解多少？

有那么玄乎吗？我说，我识字。不就是
投进4，拿走5吗？从谁那里？
不就是仅此而已

吗？你抨击谁能最得劲？我得
读完整篇《申辩篇》①
触摸着这世上纽曼②

未装饰过的地方来下定决心吗？谁？
他俩都说，——情势
及其效应？正是因为

---

① 古希腊哲学家柏拉图《对话录》中的一篇，记录智者苏格拉底接受审判时所作的辩词。——译注
② 可能指美国抽象表现主义画家巴尼特·纽曼（1905—1970）。——译注

诸如此类不相关的陈述令我
对你所说的逐渐
不屑一顾,其中一个人

看着我说。犹太人。哦,那些
犹太人,犹太人!臭蛋
摩门是犹太人吗?如果不是

这个世界就安全了(免受犹太人之害!)我仍然
可以阅读和整理
你们做梦也想不到的经验,我

回答他们。球!他们说。很好。球!
一遍又一遍得到球,
我说,给你们,先生们。

完　美

　　　啊可爱的苹果！
美丽而完全地
　　　腐烂，
轮廓几乎无损——

　　　也许在顶上
有一点儿皱缩，但除此
　　　之外每个
细节都完美！啊可爱的

　　　苹果！多么
深沉而遍布的褐色
　　　覆盖着那
未败坏的表面！没人

　　　动过你
自从一个月前我把你放在

游廊栏杆上
待熟。

　　没人。没人!

这些纯粹主义者

真棒!所有基本部件,
都像是一只去壳的牡蛎
新鲜而且美味,有待于
吞咽,咀嚼然后吞咽。

或更棒,一颗没有颅骨的
脑子。我记得有个家伙
在解剖课上弄掉了一颗
从三楼窗口飞落到了
松树街卖唱艺人的头上。

劳动景象：1931*

在我头脑中这样的并置
以别的方式是不可能完成的：
两个穿橡胶靴的年轻挖沟工人
在垂死的主教的床边——
拿身穿白色泳衣的
虚胖女人开着下流的
玩笑，老人微弱的
呼吸声在电泵的
双重抽吸声下面充数

——在海边！海岸
被炸没了，建设性地，
排水沟在海堤里边
沿农舍前脸儿往下延伸
六英尺——不幸的是
不是穿过它们——一个大下水道，就像
罗马广场下面的那个
只有在那样的地方才使之

---

* 此诗最初发表于1940年2月10日《国民报》，文字稍异。

成为可能……

    这就是了！好了，好了！
这就是答案。要做的
事：只有在那里
那样的地方（在其余站立之前）
才使之成为可能。

    在那里仰躺
在旧划艇上读着
冒险杂志的女孩，那两个男人
——他们每人六英尺三英寸
如果是英寸的话——在完工了的
检修孔边水泵喷出的溪流里
洗他们高及臀部的靴子，
洗他们的手、洗他们的头
和脸，用手捧着喝
那东西。天啊！那喝的
到底是什么水？但是
他们可能知道自己在做什么
——顺着堤岸朝下看着她
在那里平躺在热浪中
戴着五块一的墨镜
保护眼睛免受太阳的
强光——朝下并微笑着看着
她，像疯子一样。

　　　　你破产了
该死的接近饥饿状态
五年后，你就得像这样子，
我表弟说，他曾经尝到过
那滋味。你没办法。这就是
贫穷。你的身心都
受影响。但它们只是机械零件
大部分都忒他妈好，就像
其他人一样。

　　　　——白色泳衣
向上拉紧勒进她的裆部
她就那样躺在那里面朝他们
——直到他们叫停，拉下
电闸，水泵
停止，主教死了
而——他们转过身去，
把靴子甩到肩膀上
回家去了。

最后的转弯[*]

那就看吧！注意令人不安的
细节——十一月的一个傍晚
在53街与第8大道交叉口
从一盏红灯后面，交叉
探照灯的爵士舞回应着
欲裂的头脑的疯狂编织：
一摊半紫、半
裸的女人尸体，点缀着珠宝的
内脏被车辆往来拖拽——
没有哪幢房子不被黑暗
轰掉了脑子！
什么也不可辨认，由所有
方向造就的一整个慌乱的
方向拼写着这不可思议者：
肉体上的颜色，而肉体
即颜色，即我们的概念
向其喷射怒火的一个
世界的守护神，天然而至高。

---

[*] 参见诗集《中断》中的第一稿。

后　果

那温娜！纯洁如雪
勇敢如风
坚强如树
哄人如月亮

这一切都是这乡野
适合你
因为你出生在这里。
现在它正在回报你

因为那坚定不移的心
像狐狸般好奇
像狐狸似的逃脱
气喘吁吁回到洞里。

他们说你变
瘦了，还说
现在有一个女孩

可加给那蓝眼睛男孩。

好！高地上的
空气很提神。

对等物

在郊区,与未完成的
差不多处于地下的
弹药厂尘土飞扬的
工地相毗邻的

红砖修道院①:那些高高的
砖墙后面,复活节时
穿着白色长袍的小孤儿
和私生子们唱着拉丁文

回应古老的仪式,
同时乳香和没药
充溢黑暗的礼拜堂,使之
形成一个封闭空间

而他们是其中的蛆虫:
城外那间牢房,傍着

---

① 修道院在新泽西州塞考库斯镇巨人橄榄球场附近。其南边是名为"黑汤姆"的弹药厂。垃圾堆是东海岸最大最臭的养猪场的食物资源。

污染的溪流和垃圾
堆，毫无怨言，还有那块地

满是竖起的石头，其中之一
那深刻的人名附近
这里和那里嵌有照片
在玻璃下面显得与众不同：

那石板山墙的三位一体
成堆的未加修饰的
窗户，宿舍之间有圆形
窗户的礼拜堂

顶上是青铜制的钟楼
其上顶着十字架，
铜绿——全都静默的脸
那从胡萝卜垄间

无性爆发的奇迹。
无叶的白桦树，在那
近乎无风的岗亭
那带刺的修道院围栏后面

神龛之中，它们空空的
卷须在晃动。但一行行
闪亮的车顶一排挨一排

反射着十一月下旬

　　太阳的所有光辉，在那
　　起皱的路面之前，安静地
　　留意着那些看不见的墙
　　和被扒掉的入口处，那里无

　　人，除了一个孤单的警察挥舞着
　　警棍在发号施令，那种痛苦
　　在那些包裹起来的机器正在祈祷
　　所在的范围内……

风　暴

完美的虹！一道宽广的
弧低悬在北方的天空
横跨黑色的湖

碎浪翻腾的湖面
之上太阳
在城南照耀

冷光来自光秃的山丘
山丘仰卧面对的风
什么都不能唤醒

只把几根细烟囱
冒出的烟赶得仓皇
向南流窜

被遗忘的城市[*]

刮飓风的那天,我偕
母亲正从乡下南来,
树木横在路上,小枝
不断嗒嗒敲击着车顶。
水漫到十英尺或更高,
风又成片地带来更多雨,
使林荫道无法通行。浑黄的激流
通过谷底中新辟的水道
喷涌而上,我只好找到什么路
就走什么路,一路向南向西
以回到城市。我驶过许多
非凡的地方,生机盎然,
平生罕见,而暴风雨已经
冲破了藩篱,放进来
一种奇怪的平常景象:荒凉的长街
拐角处店名不可辨识,
看似喝醉的人们有着全然的
异国风度。纪念碑、机关,

---

[*] 此诗描写1938年秋飓风期间在A303—304公路所见。

在一个地方，有一大片水
震惊了我，一亩多的温泉
在其上对称地喷射。公园。
我有朝一日要回去研究这些
奇特而勤劳的人们，他们住在
这些公寓里，在这些纵横
交错的街道锐利的拐角和转弯处，
与外界似乎绝少
交往。他们离都市这么近，
这么紧密地被熟人和名人
所包围，却怎么就这样
被隔离，不为我们的报纸
和其他公共媒体所报道呢？

黄烟囱

蓝天上有
一缕
肉白色的

烟。间隔
许久
环绕那黄

砖垛的
银环闪烁
在这琥珀

光中——不是
太阳的不是这
苍白太阳的光而是

他的亲兄弟
这
渐衰的季节的光

光秃的树

光秃的樱桃树
高过房顶
去年生产了
大量果实。面对
这骷髅架却怎么
说起果实?
也许它还活着
但是上面没有果实。
那就砍倒它吧
用那木头
抵御这咶骨的严寒。

罗利是对的*

我们不能去乡下
因为乡下不会带给我们
　　安宁
那高草丛中生长在毛茸茸
茎上矛头形叶子间的
小紫罗兰能告诉我们
　　什么?

虽然你赞美我们
并令我们想起歌颂过
我们的美丽的诗人们
但那是很久以前!
很久以前!那时乡下人
会耕田播种
心灵开花口袋
　　宽裕——
如果这是真的。

---

* 此诗的第一稿见诗集《中断》,仅分行方式与此稿稍异。——译注

不是现在。爱情本身是一枝花
根子扎在干旱的土地里。
空空的口袋造就空空的脑袋。
如果你能够那就治愈它但
不要相信我们今天
能生活在乡下
因为乡下不会带给我们
　　安宁。

怪物婚姻*

她伸出无辜又温柔的手
把受伤的鸽子从树枝
高处拿下来，发现它变成了

暴怒，因为它在流血。抓狂的她紧紧
抓住它，被它的痛苦刺伤，她的
双手流的血和鸟的血

混在一起，她暂时让它安静下来
把它包在她的思想的
洁白的手帕里。此后

她把鹰的生命当作了自己的生命。
它抬头仰视说，因此
你是我妻子。于是她放了他。

---

* "肉体是软弱的，但爱是伟大的——只要有胆量。心灵有时必须诉诸奇怪的手段，守卫太过柔弱的肉体，以保护爱情的进展。显然，这是一个浪漫的爱情故事，只是'怪物的'，因为神话中的野兽和女人的所有结合都是怪物的。"（作者注，载《现代诗歌》，奇蒙·弗莱尔与约翰·马尔寇姆·布林宁编，纽约，1951）

但他很快就回来了。当然。
既然我们已经结婚了,她对他说,没有
人会接受它。时光流逝。

我试着模仿你,他说,而她
却带着微笑哭了一会儿。多数时候,
他坦白说,我的头脑云遮雾罩

除了打猎。但在一天的部分时间里
又像任何人的头脑一样清晰——由于
你的爱。不,她会

充满怜悯地回答他,有什么比鹰眼
更犀利的呢?按理说,心思
也必定如此。他转过

头,在她的镜子里看到自己的
侧影,竖起羽毛,发出
鹰的叫声,悲凉地。

像往常一样依偎在她身上,他
把爪子藏起,避开她柔软的肉体,
在她身边扇动着他的翅膀

直到她那总是对他的臆想感到
惊讶的心思感到痛苦,听到

脚步声，把他撵到

开着的窗前，他从那里起飞。
此后，她请人做了一条皮带，
他栖止在那上面享受她。

枯叶间的麻雀*

  铁栅栏柱近旁的麻雀——
  难以看见,因为枯叶
  半掩着它们——
  刨着树叶,激烈地
  争斗和鸣叫,寻找和
  啄食尖锐的沙砾以
  利消化以及爱的
  暧昧和无法满足的胃口。

---

* 此诗的最初版本发表于《纽约客》1939年11月18日第59页,后作为组诗《为长诗〈帕特森〉作》中的第2首收入《中断》(1941)以及《早期诗合集》(1951)中,与此版本只有分行不同,文字无异(除《中断》中标题"麻雀"一词误为单数外)。

冬日序曲[*]

蛾子在屋檐下
双翅好像
树皮,躺着
对称而静止——

而爱是一种奇异的
翅膀柔软的东西
树叶飘落的时候
在屋檐下不动。

---

* 此诗最初发表于《纽约客》1939年10月14日第24页。

寂 静*

低天之下——
树叶
红黄
这宁静的早晨——

一只鸟扰动
不过只一根
长着绿叶的
桃树枝

---

* 此诗最初发表于《纽约客》1939年10月7日第66页。

又一年

在公园的玫瑰园里
让我们从冲突的季节
　　　竞争中
获知没有多少
　　可怕的——
独处在那寂静的地方,
避免比较。
老灌木丛纤细的
　　宁静
具有它自己的美德……

云
〔第一稿〕

在穹隆的天空边缘
充斥着心灵,黎明的
群马从南向北冲锋,巨大的走兽
在围场上方立起,边缘镶着火焰,
想象力的极度混乱仍未得到治愈,
一条规则,街灯下的斑马线,不情愿
被从立足点扯走。

    它们的肋部依然
陷于低矮的屏障中间,它们的前部
明晰地升起在这沼泽的气味之外,泥土
因腐烂和生命而发黑!在白色
树根中间挖洞的海龟在黎明前被惊醒
抬起它们有红色条纹的绿色的脸。

一面黑色的旗帜,在杆头扭动着,甩动着,
登上空空堤岸的墓冢,挣扎着
要自由……
   从南向北!这个方向

楔子(1944)

毫不含糊,它们在不明确的世界边缘之外
清晰地移动着,云!像雕像一样
我们被吸引到它们面前——在黑暗中,想到
我们的逝者,无法,不知道还有什么
地方适合安置他们。

    悲凉的轮廓
和马的形体,充斥着心灵——但
可见的!由不可见的衬托着;实际的由
想象的和编造的衬托着;没有被手弄脏
也没有被手弄坏,而只是被视觉所爱抚,
在它们中间移动,不是那从下面
逼人直视,又令人目眩:

——逝者骑在它们的背上,高高在上
不被我们系于其上的腐臭味所污染——
从南向北,此刻暂时轮廓分明而不变形,
进入对他们无名命运的无知之中。

冷　面*

这个长着一张死脸的女人
有七个收养的孩子，
尽管如此，还有一个她自己的
新生宝贝。她想要

打胎的药片，说，
嗯哼，来回答我，同时
她裹着毯子的婴儿发出
无关的打招呼的咕噜声。

她张着嘴看着我，
眨着她那毫无表情的
被割过的眼睛，像只猫
肢体过于劳累无法爬得更高

以躲避虐害者。那宝贝
依然满脸口水欢笑着；
女人的脸上泛出

---

* 此诗最初发表于《诗刊》1939年9月号。

一丝近乎美丽的红晕,

她看着我,平静地
说,我不想再要了。
在这种情况下,我知道
快速行动才是要事。

寄 语

请在我墓上轻轻走
因为我曾想要你,

一件忧伤、腐朽的
事情;

环绕那悲惨传说
编结的

没有香气的花儿:
住在这里吧

青春拒绝的人儿!

温柔的黑种女人[*]

游荡在烟囱丛中
爱人与我相会
我的皮肤苍白
她黑得好像泥煤

她的嗓音低又柔
饱含惊讶好奇
我竟觉得她可爱
怀着她的言语

激起的莫测渴望
搜索她的眼光
我正坐下安慰她
她正躺在床上。

---

* 诗人于1939年告诉里德·韦特莫尔说,此诗"是对叶芝的《沿那些柳园往下去》一诗的戏仿"(《新方向第17辑》,1961),发表于《美国前言》1943年夏季号的版本题为《莉莲》,文字稍异。参见集外诗中的同题诗。

致天堂中的福特·麦多克斯·福特[*]

在天堂里有没有，我的朋友福特，
　　比你在普罗旺斯过得更好？

我不这么认为，你把普罗旺斯变成了
　　天堂，因为你对它的赞美
给人预示了你在目前环境中
　　可能享有的快乐滋味。
你在那里描述的就是天堂，
　　由它的狭隘转变而成，

---

[*] "我确实为在天堂中的福特·麦多克斯·福特爆发出了一首诗，我很喜欢，但这确实是我有点儿不信任的那种即事诗。这种题材对一个人提出这样的要求，他很可能在这种场合暂时忘记了诗作——有点儿太关注时事"（致詹姆斯·劳克林，1939年10月23日，耶鲁）。

1939年6月26日，福特在多维尔去世。WCW于1924年在欧洲初识他；福特在《跨大西洋评论》上发表了WCW的作品；1935年福特搬到纽约时，两人又重修旧好。1939年上半年，福特创建了"威廉·卡洛斯·威廉斯之友会"，这个团体每月聚会，听WCW的作品朗读，为他不得认可而抱不平，并享受一场美好聚会（见保罗·马里亚尼《威廉·卡洛斯·威廉斯：一个赤裸的新世界》和WCW《自传》）。1939年10月16日，WCW向《纽约客》投寄了这首诗，并注明："坦率地说，我是为耶鲁大学的一些孩子写的，他们在办一本杂志叫《怒狂地》。这是一本好杂志，但我想让人们思考一下福特的问题——我想我还是要对你们进行一次猛烈的抨击。"（《纽约客》档案）这首诗并没有在《纽约客》上发表。

（转下页）

楔子（1944）

与你现在居住的更大世界的
　　　道路和花园相似。
但是，亲爱的伙计，你从我们这里
　　　拿走了它的一大部分。
　　　　　你百般赞美的
普罗旺斯对我们来说将不再是
　　　同一个普罗旺斯，
　　　　　既然你走了。

你现在对我来说是个天堂的人，在我
　　　看来从来就不曾是个圣人。
在你身上，有一种粗俗的味道，与
　　　世俗不一样。
世俗是干净的、抛光的、制作
　　　精美的，而天堂的人
是肉体污秽的和堕落的，
　　　　爱吃爱喝爱嫖——

（接上页）第3—16行在《楔子》（以及《诗选》）中被省略，以回应路易斯·祖可夫斯基的评论，后者建议将整首诗从《楔子》的打字稿中删除。1943年10月5日，WCW告诉祖可夫斯基，已经采纳了他的所有建议，并"纠正了你发现的所有错误。我已经完全删除了你认为有瑕疵的所有诗作，除了福特·麦多克斯·福特那首。在那首诗中，我删掉了第一节，除了第一行，它被单独留下了，使整首诗有了很大的改进"（哈里·兰色姆中心，德克萨斯大学奥斯汀分校）。这些诗行后来在《晚期诗合集》中恢复了，因为它们不在哈佛/Za47打字稿中。

福特·麦多克斯·福特（1873—1939），英国小说家、诗人、评论家，对在现代风格转型中的庞德、威廉斯等颇有影响。——译注

嘲笑自己，不惧怕
　　　自己，深知自己
没有什么财产和意见值得
　　　在乎周围经纪人的话，
而他的一切，不过是一件事，他进食
　　　就像人给宠物狗喂食一样。

那么，以天堂的名义唤醒、爱护、
　　　疏通饱满的肚子吧！
想到你在天堂里喘息，我大笑起来。
　　　天堂在哪里？但既然
你给我指明了方向，我为什么还要问？
　　　我对它不屑一顾，
除了在意更好的部分还活在我身边
　　　这里之外，只要我
活着并记得你。感谢上帝，你
　　　不精致，你接纳世俗，
而且撒谎！该死，有时候你粗俗地
　　　撒谎。但那都是，我
现在明白了，一种无心之过，是一个
　　　在地球上无家之人的特质。

普罗旺斯，那个肥屁股的福特再也不会
　　　损坏你的咖啡馆的椅子，
揪下并剥开你的神圣的大蒜给他下饭，
　　　呼呼噜噜，汗流浃背，舔

他的嘴唇了。他留给我们的世界如此
　　粗俗,他已经成为
其中一部分,而你是其中闻名的
　　一部分,他如此热爱的,普罗旺斯。

云[*]

(1948)

* 此诗集于1948年由威尔斯学院出版社和康明顿出版社联合出版,收录诗作62首,64页。"我现在上路了。我认为我找到了我的形式。我说我不得不说的话,用美国习语;我用它觉得自在。在我看来,一首诗的节奏建设是由所说的语言决定的。口头语言,而不是古典英语的词语。对语言的那种感觉是我想做的事情的源头活水。如果我能把这弄清楚,我就实现了我的目的。无论我成功达到何等程度,《云》中的诗作都是见证。"(威廉·卡洛斯·威廉斯:《我想写一首诗》)——译注

艾戈尔廷格*

在光秃的树上，旧茎做出新设计
爱在黎明前感动乌鸦
樱桃太阳引进新阶段

光芒四射的头脑
在成群的梨花丛的招呼下
向灵魂提出新的深刻思想

灵敏在艾戈尔廷格的大脑
细胞中活动，就像
电风扇周围的丝带一样飘摆

这令人印象深刻，他很快就会宣称
天哪！

---

* 艾戈尔廷格曾是WCW在霍勒斯·曼学校的同学，一个数学天才，成了一名成功的工程师，直到酗酒毁了他的事业。尽管如此，他的能力使他在纽约成了一个代名词，他被认为是解决某些困难的技术问题所不可或缺的。WCW曾听拉瑟福德的一个邻居说他得咨询城里的一位"艾戈尔廷格"，从而发现了这个故事。见马里亚尼。此诗发表在《一般杂志与历史编年》1945年夏季号，收入《诗选》时题为《四月六日》。

旋转又旋转，风
脚下，草
蔷薇藤叶子和黑莓
吉姆将给他的新娘读
百科全书①——逐渐地

艾戈尔廷格你一直卡在我脑袋里
照亮着，近半个世纪以来，我
在你的专业领域永远无法击败你

没有什么曾打败过一个数学家
除了酵母

无云的天空在它的边缘捉住太阳
使它的圆盘滑过蔚蓝

他们说我不深刻

但深刻在哪里呢？艾戈尔廷格
数学天才

---

① 吉姆·海斯洛普是WCW在拉瑟福德的少年时代的朋友，他"花了二十年写作他的有害昆虫百科全书——只是最后他的巨著的出版遭到各方拒绝"（《自传》）。

醉醺醺被从某个廉价酒吧里拖来,为
他们琐碎的目的服务

艾戈尔廷格,你也曾是深刻的

富兰克林广场

取代
山楂花的
是刺:

那树正开着花
花
和叶一起

遮护着
吵闹的麻雀
它们以

狎昵的
冷漠,给
边缘锐利的

草坪上的
松鼠和鸽子——一个公园的
形象:

一个城市,一种美好的
沦丧——
一个高个儿黑女人走近

长椅
努着老嘴巴
为了什么钱币?

拉布拉多*

这些浅滩多么澄净
这些岩石伫立得多么坚定
四周涤荡着
这世界的水

这身体感到那冰凉
把苍白裸露
给深不可测的大海的
思绪，

未受污染，海水涨起来
一个涌动就
包裹起这
紧张的心，这四肢。

---

* 加拿大东部沿海一地区。——译注

鬼 魂

我向您问好,先生,您的记忆,
条纹大衣和颜色——一个人是什么?
一个人还被记得穿着他的成功
外套?胜利的俱乐部的外套?
在他自身中——成功?一个人,单独?
这就是那个轻视同伴的人——
否则,就像他现在这样,投入
到狂风抽打的旋涡中,帽子、大衣、鞋子
并——像你过去一样——拖着肉体
去搏斗,挑战死亡和大海。
不是一次,而是——再次!
这就是产生了你的——战争?还是
你制造了战争?不管怎样,结果都一样。

云(1948)

光不可进入

正是在义人的
心灵中
死亡呼叫得最响。

死亡！呼声即是，死亡！
在天空的
牙缝里，仿佛

火是不会爆炸的
欲望的铜
在它下面闪亮。哦

我们选择我们的词语
太过仔细
以适应意义的煅烧过的

骨架，在其中
活着！活着的只有怨
恨。我们火焰

与炉子谈话，感到愤懑
仿佛我们的命运是
某种其他

命运，它的内脏
不会燃烧——将
逃过热浪。呸！

银行门前的一个女人

银行是个有柱子的物体,
就像……约定俗成,
不像创造发明;但是在阳光下
三角楣高踞在那里

以说服对于投资"坚
如磐石"——世界,
金融世界,唯一的
世界建立于其上——

的怀疑:就在那里,
站着一个女人,一边
与另一个女人说着话,一边
前后摇动着一辆婴儿车,身穿

一件粉红棉布连衣裙,光着腿
和头,她的腿
是两根柱子,擎着
她的脸,像列宁的(她松松

梳拢的头发一片金黄）或
达尔文的，你
瞧：
银行门前的一个女人。

夜乘者

像海螺或月亮的
外壳一样被擦洗
我离开我的爱乘车
穿过潮湿的夜晚。

有点点灯光
透过树丛,
飘落的树叶,
空气和血液

一种平和的情绪
随着夏季渐衰而温暖,
暑热的遗迹:
高价买来的废墟

被沙子所雕刻
抹平为一个圆形
脉搏是记忆中已逝的
满潮的脉搏

歌*

这个女人!
我该怎样描写她?
她富有她那个性别的财富。不是赝品,肯定
不是区区一点金属——

而是,一个金库,一种对我们
列出和转移的全部财产的扣押权。
这个女人不需要玩市场
或做任何事情,除了看

月亮。因为对于她,思想不是
像哲学家或科学家
或聪明的剧作家的那样。
她的思想对于她

就像水果对于树,苹果、梨。
她思考,并且思考得好,但是

---

* 标题原文是法语"Chanson"。据琦蒂·侯戈兰所作笔记,诗人称此诗是为赞美《合众国》一诗所赞美的同一个女人而写的。

目的不同于男人,而我
在那里发现一个新的领域。

那是一个使这个世界
不大值得乘船或飞机游历的世界。
她胜过莫斯科、桑给巴尔、
爱琴海诸岛、克里米亚半岛,

凭借她会凭借自身的存在
推断出的,一个新世界,
既欢迎水手又可以居住,
所以我愿意待在那里。

鸟 唱

扰乱平衡吧,断续鸣唱的鸟儿
歌声的苦恼
割破一片席卷树林的
广大的寂静。

正是小溪的烦扰
才使它响亮,
断续的水流发出
汩汩的声音

打破拱形的静谧,
轻拂已头悬种子的
高草,弯下一枝黄花
承载着

一种庸俗快乐的脑袋,
杨梅,
野蔷薇——
也为我打破你的快乐吧。

访 问[*]

我曾经犯过许多错误,
但我警告——相互影响
不是被折腾的肉体。虽然
心灵比大海更微妙,
以三种速度前进着,
快速、中速和慢速,
间隔八次浪潮重述着
起初没有直接说明的、
依然只是在同一个

---

[*] 这首诗是对维维安·科赫1945年9月30日访问拉瑟福德的回应(见马里亚尼)。她受新方向出版社委托,要写一本关于WCW作品研究的书,该书最终于1950年出版,标题为《威廉·卡洛斯·威廉斯》。科赫在20世纪30年代末开始写WCW。WCW最初对她的工作很热心,在1939年11月6日写信给诺曼·麦克劳德(她是麦克劳德的第二任妻子):"我认为,诗歌和散文共同构成了一种婚姻,如果加以培养,可能会证明是多产的……我不能指望有更好的散文风格作为强调和解释。它对我是一种强烈的刺激。我希望除了维维安·科赫,根本没有人会讨论我。"但在1945年8月10日,他告诉麦克劳德,她应该把时间花在写年轻诗人上面——他宁愿不要"最近被过分关注"(《彭博杂志》第6期,1975)。这本书最终问世后,他发现它"作为一部传记……不令人满意——甚至在许多例子中,我确信,它对个别作品的解释是错误的"(致芭贝特·德意志,1950年1月23日,华盛顿大学,圣路易斯分校)。

层面上的内容。

    那里有鱼,
在底部,有地面,
不管是在五英尺
还是五英里深处,地面,都会显露,
当被潮水暴露时,活的
藤壶,在岩石上饥饿
如同心灵一样,当太阳咬它们时,
每每会大声嘶嘶叫。

而我承认,心灵仍然
(尽管很少见)多于
其作用。我还能看清
右手出击时匕首
在左手中。这并
不改变案情。

让我们继续。天真者
可能像一个大晴天
具有欺骗性
却不应该被鄙视
因为看拐来拐去的细长海鸥
蘸入
毫无特色的水面
是如此令人开心。

它们追逐的是鱼,
鱼——并捉到它们。

　　　　我仍然
承认大海在那里,并且
我欣赏它的深刻性,只是
这算什么呢?
爱也可能是深的,深
如思想,比思想更深
而且同样是连续的——

　　　　思想
充满细节,比如说,就像
法院充满法律,
大海充满海藻一样
细语嘈杂:这也不会
改变案情。然而你
终究是对的:法律
常常决定案件。怎么样?
我更愿意回到我在医院的
案件中去。

说我不是个铲土工,
更不是个艺术家,而是个
不反感拿起
铲子砸向任何人脑袋的人,

只要他敢贬损
他在这门手艺中的表现。

你真好,为我费了
这么大劲——谢谢
你的看法。

天堂的品质[*]

除了呼吸和肋骨的笼子里
携带的叽叽喳喳
尖叫着的可怜灵魂,
没有其他代价,

我在花园里漫步。花园
散发着玫瑰的香气。
百合花的绿色喉管打开
成黄色的喇叭,

并不渴望声音,雨水
在我脸上还新鲜,
空气是甜美的气息。

     昨天
天气炎热逼人,

灰尘堵塞了树叶的绿色,

---

* 此诗最初发表于《诗歌季刊》1946—1947冬季号,文字稍异。

来自近处
蜂巢的蜜蜂,快烤干了,喝水,
过于急切,在

鸟澡盆边,淹死在那里。
另一些取代了它们,
鸟儿们被吓得不敢
靠近。
　　　——那轻如羊毛的空气!

致一位美好的老娼妇*

萨福①,萨福,萨福!派遣,
侍女,去阿斯塔尔特,
你赞美精致的花朵

并把它们比做
与你相熟的处女。
让她们生长吧,感谢上帝!
在公墓的屏障之外:

——现金的葬礼,
股票,应对……
的充分保障?

蝴蝶,
"彩绘海军上将"②,
在一簇未被践踏的

---

* 此诗最初发表于《文学季评》1945年刊,文字稍异。
① 萨福(前630—前560),古希腊女诗人。——译注
② 古希腊人起的一种蝴蝶名。——译注

马利筋草上,
陪伴着你和浅
蓝色的菊苣花,有褶边的
花瓣

——蛋黄草、
凤仙花,紧挨着
垃圾堆的锈色
——铁锈、破碎的果篮
和一面是彩绘的
石膏碎片,

来自被拆除的卧室。

春季的苦涩世界

湿漉漉的人行道上,白色天空消退
成斑驳的黑色,在透视景中,
挨着红色榆树
颠倒的柱廊,它们艰难地

把纠结的欲望之网高举入
下落的雨中。褐色的烟雾
被驱赶向下,像水一样
流泻在护桥人的小屋

屋顶上面。一如往常,
关于诗歌本质的战斗
——哲学家抓得住它吗?——
正在进行。把眼光朝下

投入水中,那里,靠近
桥下,在一丛开花的
白色灌木默默的
通报下,河鲱鱼浮上来,

在水面到淤泥之间的中途,
你可以看见幽暗中
它们长着红鳍的身体,
头顶着水,坚持不懈,溯流而上。

哀 歌

什么脸，在水里，
清晰
却又被朦胧所冲洗？

柳树用绿色的光彩
取代了自己
（冬天树枝的）

挣扎的枝条。它是
老还是年轻？
可是无褶痕的水面

反映的一张闪亮的脸
那些裸露的
结构之外的这张脸

又是什么？一张脸
覆盖着邪恶、棕色的水；
善的，不自信，恶的

自信超过被埋没的太阳。抬起
它来。转过身去。
你身边以前有

但现在是另一张脸,
长着长鼻子和清澈的蓝眼睛,
自信满满……

恋爱史

1

你会为你祖母的花园
收集粪肥吗?
那你就出去吧,拿着簸箕和扫帚;
她已经看见马儿经过了!

你去吧,再次勇敢地出去
就像你总是承诺的那样。
冲着邻居们伸出你的舌头
好让她的花儿成长。

2

让我强调你的可爱之处
和它的吸引力

它的反地狱:阅读
在书页上找到你

在那里,视线扩大
来迷惑人心,只有

一个孩子被父亲的
头饰所惊吓

在一只鸟蹦跳、老邦克
约翰逊①吹响号角的时候。

3

用心和用手,
通过道德转向和变戏法
扇起在黯淡煤炭中近乎熄灭的
爱的阴燃火焰。

在彼此之间互换
冤枉并唤起
那从前一见即绽放的
被放逐的微笑!

---

① 威利·加里·约翰逊(1879—1949),绰号"邦克",美国新奥尔良市最著名的爵士乐小号手。——译注

重新唤醒爱情,再次,再次!以温暖
寒冷的心,带来新鲜的花朵。
因为花朵不是,一如我们不是
我们两人所出自的那种材料所造。

河上的轻雾

透过令阳光迷乱的轻雾
河镜反映着寒冷的天空,
披着纱巾的清晨的
阳光笼罩着

河岸的黑暗轮廓。可是
你说,必要性大声
要求调整——比歌
还大声,也许比所有的歌都大声

而歌,专注于自己,河,
裹在阳光中的一面镜子,
河在自身中也大声
呼喊,无声地

透过让它朦胧的纱巾。你
坚持要我无条件的认可。
多年,我明白,多年的
阅读也没有使你变聪明。

云(1948)

结构失败时脚韵企图来救援

老马死得缓慢。
逐渐地
他的筋脉的暴突
匹配着树叶的

舒展,日复一日。但
他的心保持的
步法是他的梦的
步法。他

尽力而为,以
不稍减的镇定,
哦哼!可是他的肉体
保持的步法——

倚靠,倚靠在
栏杆上——乞丐们
都大步迈着,而他的
每个庇护所都做着梦。

教育是个失败[*]

我的世界的
小愚行
主宰着那个世界——
犹如有

两座桥[①]横跨
河上，一座
已关闭维修
另一座也

将被当局
关闭
髹漆！但随后
也有天堂

和理想境界
在热望的灵魂

---

[*] 此诗最初发表于《诗歌季刊》1946—1947年冬季号。
[①] 帕赛克河上有两座桥，联邦大道桥和拉瑟福德大道桥。

面前关闭。
我宁愿

看一只猫钻过
树篱而
另一只坐在一旁
同时鸟儿

在头顶上
在低枝的
遮护中锐叫
喳喳。

旗　手

在雨中,那孤独的
狗与众
不同地,每
四拍,都

要把左前
脚踢出,超过
右脚,大步
行进,专注

于某种莫名的
坚持——从桥
上走过
进入新的领地。

云(1948)

山 羊

对于树丛中那个献祭者,
在心里以为
已经死了,
(随季节)正在衰老,
看上去像外来的——

野地里,一只山羊,脏脏的,
肚皮毛长长的,无动于
中心的狂喜,
甩着它的钝尾巴,
转过一张空茫的脸,
耷拉着耳朵,睡眼蒙眬地凝视,
目不转睛,若有所思——
无精打采,
处于它笃定的圣境。

两段刻意的练习

1. 学生演奏会的教训①

（给艾格尼丝）

在四重的静默中，音乐
力争要掌控，而心灵
自信得要命，从沉默中
醒来谛听音乐。不点名、
没有年龄、性别或炫技的
做作——他们面无
表情，站起来，走向
台子，不经通报，由
音乐引领他们——有种族
特点的、身体粗壮的、所有的
脚——从每个人身上洗去
他的尴尬，让他绽放，
发出恳求的声音，
恳求快乐，快乐！

---

① 1946年，WCW在纽约州立大学布法罗分校听了一场钢琴演奏会，该校图书馆馆长查尔斯·艾伯特的女儿艾格尼丝参加了演奏。

在耳朵的隧道里。还有爱情,
躲开公共场所,
在他那充满空气、鲜花、鸭子、
绵羊和开花的槐树——又白
又香的槐花——的床上
活动,在众声响起时
再度消逝,隐入
不可能之事和雷暴之中。
　　　　在与他的选民们
握手之前,剩下好老师①
在他的梦中眨着眼。

2. 旅行见闻②

在中间,脸盆上方,
镜子。在它的左边
马克斯菲尔德·帕瑞什③,《尤利西斯
在海上》,他的小船在

---

① 指沃伦·凯斯,艾格尼丝·艾伯特的钢琴老师。他回应这首诗的感谢信与这首诗的草稿一起存档在布法罗分校(《自传》)。
② 艾米丽·华莱士在《在高原和深谷的沉思:格拉特威克农场的诗歌》(《威廉·卡洛斯·威廉斯评论》,1982年春季号)中指出,这首诗"描写车库公寓'附属建筑'(以前由马车夫,然后是司机,然后是威廉·亨利·格拉特威克太太居住)的浴室墙上的布置。威廉斯夫妇从1946年起访问艾伯特家时总是住在这里"。
③ 马克斯菲尔德·帕瑞什(1870—1966),美国画家,以善画异想天开的神话场景著称。——译注

浓雾的威胁下,来自
斯库拉与卡律布狄斯之间。而
右边,九岁的女孩,
手里拿着玩具桶,没戴帽子站在
沙丘顶上,面对闪亮的
水面。你这就拥有了它,
感觉无与伦比。那又
怎样?呃,我们徒然生活
在鸟儿和蜜蜂中间,除非
结果是——现在或往后——
一种描绘,而
这两幅描绘只是暂且
充数的卑微之作——为我们
唤起一个完整的领地,由颠倒的
性质构成,在遭受
禁锢的心灵中努力
释放我们。呃,释放我们。
   于是,在牧场上看到
灌木丛中间的马匹,
听到风的叹息,
我们提及技巧的——除非
瓦雷里被误解了——混
乱,我们的欲望的林荫道
站在那里等着
我们,或者不在任何地方。

云(1948)

镜　子[*]

　　德意志的兽性，在细节上
　　像某种种族特质，
　　是超乎人世之恶的一种

　　反映吗？拿一个负像，拿埃兹拉·庞德
　　作例子，看看
　　人世在那里如何映照

　　自身。就像用红外线
　　搜索肉眼看不清楚的
　　风景时发现了

　　海洋。人世照在这些镜面上
　　是正像，最为丑恶，
　　照在那里仿佛照在苍蝇的眼睛上。

---

* 此诗最初发表于1945年。先前的手稿原题"不拟发表"，第四行"拿埃兹拉·庞德"原作"拿某个叛国者"。因庞德在第二次世界大战期间在意大利发表反美国政府广播讲话中曾提及威廉斯之名，威廉斯被联邦调查局两度讯问。

他的女儿

她的下颌摇摆着
她的左手指点着
胳膊僵直
在她身后,我注意到:

她的年轻,她的
后缩的下巴和
金发;
她的腿,裸露着

阳光照在她身上
她来到
台阶边上时,
那胖男人,

被撞见正跨着大步,
穿着无领衫,
把汗涔涔的头
转向她。

云(1948)

十一月的设计*

把混乱当作设计，
让我所有的思绪都逝去，
被欲望吞噬：从你
怀抱的十一月里的
许诺中暂歇。
从玫瑰中解脱：折断的
芦苇，干草一样白；
几片叶子从仿佛
流血的横斜树枝上掉落
穿过苇丛。在那里
心灵被拥抱着，
也被剥光，回归
地面，一声微弱
而短暂的叭嗒。睡觉，
放倒躺平，就此
原谅世界，摆脱
嵯岈的天空及其所有

---

* 据琦蒂·侯戈兰在打字稿上所作笔记，此诗作于1945年11月："比尔说这与《合众国》一样是写同一个女人的。"比尔，威廉的昵称。——译注

琐细的形象：飞翔的
鸟儿、云雾和风的
方阵……

技巧动作

我看见两只燕八哥
进来飞向电线。
可是最后,
就在栖止之前,它们

一齐在空中转身,
竟背朝后降落!
正是这触动了我——去
直面寒风的利齿。

马

那匹马活动着
自由自在
不理会
它的货物

它的眼睛
像女人的
四下里
转动,耳朵

朝后甩
全面地
觉知
这世界。可是

必要的时候
它也拉而且
拉得很好,鼻孔
喷着

雾气
好像汽车的
双排气管
喷出的废气

艰难时世[*]

石头台阶,结实的
一整块,硬得
难以撬开,只好
将房子

从上面
扒掉,留下
一个底座,上面
一个胖男孩身穿

一件旧大衣,一个
烟头叼在
厚嘴唇之间,
大衣后掀,

站着开玩笑:
停车位!比
运气稍差的伙伴
领先三步。

---

* 此诗最初发表于《通览杂志与历史年鉴》1945年夏季号时题为《雕像》。

那盘水果

桌子什么也不
描写：四条腿，凭这
它成为桌子。四条线①
凭这它成为四行诗，

抬升起那盘水果的
诗作，如果我们说它像
桌子——它会怎样描写
诗作的内容呢？

---

① "线"原文是"lines"，又有"诗行"之义，此处为双关语。——译注

机动驳船

机动驳船在
桥边
空气似铅
破裂的冰

不动。一只鸥,
那永恒的
鸥,飞如
往常,眼警觉

喙指向
给予生命的
水。时光
停滞,若非

那宽阔的河运
船只
吃水很深
缓缓

移动，在油污的
堤岸之间
慢慢挪动着，
搅起一股柔和的

尾波，载着
沉重的货物，
努力要通过
这狭窄的水道

俄罗斯*

威廉斯大道犹太复国主义教堂（有色）
握在手——你的大手——心里的
一件东西，
堆起来的矮小钟楼，由蓝色的煤渣
即兴拼凑而成，砌得很不整齐
（除非有奖励）

    未加修饰，
顶端的十字架（在木材短缺的情况下）
是用旧酒桶盖上拆下的木条
拼凑而成的，我想

    ——涂成了白色

---

* 这首诗是1952年WCW受聘为美国国会图书馆诗歌顾问时被用来反对他的诗之一。1952年10月20日的《芝加哥每日论坛报》以《诗人因赞美红色而被抨击为言论不当》为题，引用了抒情诗基金会的弗吉尼亚·肯特·康明斯太太的话，称这首诗是"共产主义的声音"。随后的宣传使WCW的聘任被推迟，并在第二年被撤销。见马里亚尼。

  1950年12月1日，WCW告诉塞尔登·罗德曼："《俄罗斯》这首诗以帝国的音符结束，具有辛辣的反讽意义。……"（怀俄明大学美国遗产中心）。此诗最初发表于1946年4月29日《新共和国报》，文字稍异。

俄罗斯,世界的白痴,盲目的白痴
——你明白我的意思吗?

    这也是
我放在你手中……

我梦想!我的梦想是愚蠢行为。当
军队赶赴战场时
我,却独自,在迫近的猛攻前
梦想。我体内的力量
将被榨出:这张纸,被遗忘了
——甚至不为人知曾经存在过,
宣告着我的梦想的力量……

愚蠢行为!我呼唤愚蠢行为来拯救我们——
还有丑闻和不赞成,不安分的
心灵的天使——

    (我省略
流放这个愚蠢的词。因为我将从何处
被流放到何处,并谈论
红衣凤头鸟和紫翅椋鸟
好像它们是陌生的一样?)

    我在
梦中才是在家里,俄罗斯;只有在那里,

在那将夷平一切的
    毁灭性打击
及其疯狂的砌石工艺面前,
      我才是在家里。

在我的梦的激发下,我不吁求
一个政党来拯救我,或者一个任何
种类的政府。

     相反,我沉入
我的梦,犹如沉入一个安静的湖泊,
在那里,已经在那里,我找到了
我的亲属关系。从那里我在自己的
推动下升入一个月亮以外的世界。

哦,俄罗斯,俄罗斯!我们必须开始骂
你是世界上的白痴吗?当
你还是一个梦时,世界就生活在你体内
不受侵犯——

哦,俄罗斯!俄罗斯人!来和我一起进入
我的梦,让我们成为恋人、
鉴赏家、游手好闲者——和我一起来吧,
怀着沃尔特·惠特曼最早的诗的
精神,让我们悠然闲游———会儿,
在毁灭的边缘。

云(1948)

透过我的眼睛看一会儿吧。我是
一个诗人,没有影响力,在辩术方面
没有技能——我的朋友告诉我,我缺乏
智能。看,

我曾经会见过马雅可夫斯基。记得
马雅可夫斯基吗?我在阁楼上有一本
他的平装小册子,他用潦草的笔迹
在上面题字,致我们共同的
友谊。那天夜里在第14街
他给我们朗诵时,他把一只脚抬起来
放在桌子上——他的声音传来
就像《奥德赛》一样喷涌而出。

      俄罗斯人!
让马雅可夫斯基做我的赞助人——他
和他的威利,哈瓦那的街道清洁工——
马雅可夫斯基是个好人,他自
杀了,我想,不是为了让你难堪[①]。

于是我四处走。

[①] WCW 于 1925 年 9 月 19 日在罗拉·里奇位于东 14 街 7 号的格林尼治村公寓聆听了弗拉基米尔·马雅可夫斯基的朗诵,他的朗诵篇目包括《哈瓦那街道清洁工威利》。马雅可夫斯基于 1930 年自杀。WCW 在《自传》中再次将这次朗诵会比作《奥德赛》。

现在我想提醒你注意——
你可能知道我在梦中有一双
多么敏锐的眼睛——
对于列奥那多的《最后的晚餐》!我今天在一间
破厨房里看到的一小幅印刷品。

     俄罗斯!

平生第一次,我注意到
那幅名画,不是因为
那题材,而是因为
那背景的朴素
和简单!哦,当然,
总体而言,还有场景的
激情。但对题材
忽视不顾,我特别关注
立在那里的镶板
木框的垂直线,顺从,
以夸张的比例。

你看到了吧。就是那个背景,
我的梦就是从那里产生的。这些
我现在献给你,现在当我
即将死去时。我没有任何保留。我把
我的精神放在你脚下,对你说:
我来了,一个梦想家。我不

抗拒你。在众人中,毫不起眼,
无足轻重——我是那背景,
你将在上面建设你的帝国。

行　动

　　　有些玫瑰，在雨中。
　　　别剪它们，我恳求。
　　　　　　它们不会持久，她说。
　　　可它们在那儿
　　　　　真是美啊。
　　　啊哈，我们从前也都美过，她
　　　　　说，
　　　然后剪下它们递到我
　　　　　手里。

云（1948）

野　兽

我俯身捡拾
我的财物时
它以全身重量跃起
以至于我感到

它在我嘴前
咬牙切齿时
双颚呼出的风。
它可怕吧！那个

女人说，它的项圈
在她的紧拽下绷紧。
是的，我生硬地回答，
想要掏出

那家伙的内脏，剜
出它的脑子
吃掉——还有
她的！直到恍然

觉悟：有多少人，就像
这狗，如果我不希望
他们来过这里，到过
我家，就只会来得更近些！

训练有素的驳船工

影子不动。是水在动,
向外流着。一艘过路的驳船上一大堆沙子,
乘着湍急的水,使之成为伙伴。

站在货物上,训练有素的驳船工
细心地耙着——顶部平整,边角方正
精致,与驳船的轮廓线一致——仪式般地:沙子。

他的四周,银色的水,敏捷似鱼,在这
"神力"下面奔流。无论还有什么,都在动。
不安静的鸥鸟,不像可以为伴的鸽子,

从起皱的水面接受讯号,热切地俯冲
盘旋飞入强风中。唯有驳船工耙着
驳船的剩余物,像影子,睡着。

菝葜①上的雨滴

我,一个写作者,一度痴迷
绘画,不考虑
效果,画,
因此之故,显静态,相

反,所画对象——
花、手套——的静止
正好借此使它们
摆脱仅仅在空间里

移动的必然性,仿佛它们曾是——
不是孩子!而是沉思的男性
或满载而即将卸货的
因狂喜而极度恐慌的女性;

倒有助于,为我,呈现
一种更有孕味的动态:一
系列形态各异的叶子,

---

① 菝葜,一种草本植物,攀缘状灌木,叶子心形,可供观赏。——译注

比方说,在昨夜的

暴风雨之后依然紧抓着
菝葜,它的雨滴
不规则地排列在拱形的
茎秆上,好像伴奏音乐。

老邦克乐队*

这些是男人！憔悴的、未预
　　售的、发音的、
直露的，站起来，站起来！
　　贝斯弦的拍击声。
拨，砰！小号，
　　空洞的小号
长长的拖出，一个猎犬的深沉
　　音调——
令人窒息，窒息！而
　　高音簧片
奔跑着——独自，荡漾着，尖叫着
　　从慢到快——
到第二名到第一名！这些是男人！

---

* 1945年，WCW的朋友弗雷德·米勒向他介绍了邦克·约翰逊（本名威利·加里·约翰逊）的爵士乐。与米勒一样对这种"美国本土"音乐感兴趣——当时处于20世纪40年代经典爵士乐复兴的中心——WCW购买了一些唱片，并在1945年11月两次聆听了乐队的现场表演。"嗯，我印象很深，回家后写了一首关于老邦克·约翰逊的诗"（1950年的一次采访，《威廉·卡洛斯·威廉斯访谈录》，琳达·瓦格纳编，纽约，1976）。参见迈克·韦佛《威廉·卡洛斯·威廉斯：美国背景》（1971），以及马里亚尼。

咚咚，咚咚，咚咚，咚咚，咚咚
　　咚咚，咚咚！这
古老的呐喊，逃逸的迷醉
　　吃透
超越——撕裂，泪水，期限
　　城镇，紧张，
整个转身后退，跃
　　起，跺下，
穿透！这些是男人
　　在他们的
力量之下，旋律步履蹒跚——
　　难以
表明，却依然表明——奔跑，然后
　　躺倒，
在缓慢的节拍中，休息，而
　　不是永远
不再需要！这些是男人！
　　男人！

苏珊娜[*]

保罗哥哥!看!
——可是他冲向不同的
窗户。
月亮!

我听见尖叫声,心想:
那是什么?

那只是苏珊娜
在对月亮说话!
两只拳头
敲打着窗户:

  保罗! 保罗!

——对月亮说着话。
尖叫着

---

[*] 诗人的孙女,生于1944年。诗中的保罗则是诗人的长孙,生于1942年。

用两只拳头
敲打着玻璃!

保罗哥哥!月亮!

纳瓦霍[*]

红女人，
　（别让基督进
　入这——还有
　他的群山：
　"基督之血"，
　使流水
　　血红的
　　红岩）
走在荒漠的
红衣蛮女
红女人
我疑心
我应当这样
记住你：
　走着，狂怒的
　眼睛朝下瞅
　以躲避我！

---

[*] 诗人于1947年夏游科罗拉多州西南部和新墨西哥州北部后作此及以下两首诗。纳瓦霍是生活在该地区的一个美洲土著部族。

眼光固定
大步走在
与公路
平行的
灰树丛中……
——头裹着
红,红
到地面——
扫着
地面——
血走得
直直的,荒
漠激活
那血直立
行走,自愿
穿过
那挨饿的
圣贤的
淡绿

示意符号

还有另一个
一个混血切若基①
翘着拇指想搭便车
离开塔尔瑟②,站在那儿

她左手中
拿着一束野花
紧紧正贴在
小肚子下边

---

① 美洲土著部族之一。原活动于北卡罗来纳州和田纳西州一带,现被迫徙居于俄克拉何马州印第安人保留地。——译注
② 俄克拉何马州东北部一城市。——译注

永久改变的见证[*]

凡人的谨慎,神圣天命的贴身女婢
  沃尔格林①把文化运到西部:
对厄运和好运都有不动声色的算计:
  在科罗拉多州阔特兹市②,印第安人
我们航海历经平静和风暴的日子,
  询问一瓶廉价香水的价格,悄悄地——
船只奋力前行时,我们的坚定目的
  却不买,而在我旅店窗下
好像匣子中的罗盘一般微微颤动。
  一朵光彩玫瑰展开贝壳般薄的
我们的稳定不过是平衡,智慧在于
  花瓣,在没有灌溉的花园之上
对于尚未预见的事物的高超经营
  在没有保护的沙漠叶子中间。

---

* 此诗最初发表于《党人评论》1948年10月号。楷体字部分系引用英国诗人罗伯特·布里季斯(1844—1930)的长诗《美的见证》(1929)的开头部分。
① 创建于1901年的一家以药品和食品零售为主的美国百货公司。——译注
② 美国西部城市,科罗拉多州蒙特祖马县首府。——译注

在我长途旅行的后期，我才登上了
　　从梅萨维德①归来后，崖居者的
道路愈来愈狭窄、旅伴稀少的地方
　　宫殿废墟依然占据着我的心思

---

① 西班牙语，Mesa Verde，义为"绿桌子"，指台地，美国西部一国家公园，属世界文化遗产，在科罗拉多州蒙特祖马县，以其中台地上古印第安人柏勃罗部族（亦称阿那色基人）所建崖居著称。——译注

花

这我也喜欢
弗洛茜坐在阳光里
茎上
第一朵玫瑰

宠物金丝雀黄得
像鸡蛋
在笼中
在她身旁欢唱着

适于低音

如果你忽视艺术的可能性,
呵,呵,呵,呵,呵……
你就可能陷入,
呵!极端,呵,呵,呵,呵,呵

……困境。例如,
他们开始在老荷兰人
公墓①基址上造一座,呵,呵,呵!
公园时,哈,哈,哈,哈,哈……

往下挖到灰白的,
嘿,嘿!墓穴,只找到
一根大腿骨,呵,呵,呵!
或者说事实上找不到什么!哇,哈,

哈,哈,哈,哈,哈,哈……
可迁移的!这,

---

① 位于纽约州肖诃利县米德尔堡镇"瞌睡谷",系早期荷兰定居者的公共墓地。——译注

云(1948)

根据此案的要求,
就造成了一种呵,呵,呵,呵

怎么说呢,两难境地? 如此一来,
为了显示年代久远,要做姿态
嘿,嘿! 填充
唯一保留作公共博物馆和纪念物的

呵,呵! 墓穴,他们
不得不扔进些什么东西! 可能
是些骨头但据离得最近的人观察,
嘿,嘿,嘿! 更像是

腐烂的树根而不是ossa[①]!
一种低级的造假,哈,哈,哈……
在政府官员方面
难道不是可以原谅的吗,哦,嚯,嚯,嚯,嚯……

以……对,对,当然,为首!
哇,哈,哈,哈,哈,哈! 喔,嚯,
嘻,嘻! 反倒算得是一种
胜利! 呜啦! 哟嘻! ——你不觉得吗?

---

① 拉丁语,义为"骨头"。——译注

懒懒躺着的词语

原野干旱,枫树上
叶子正枯干,鸟儿的喙
大张着!要是下雨,
要是下场雨多好!云起来了,
从西边从南边飘来,
却不带来一丝雨。热和干风
——草在脚下蜷曲发脆,
脚去草碎。道路是尘土。

可是心境也是尘土,
眼睛被它灼痛。被少雨
灼痛,更被不安的夜晚,被干燥
大地上照耀的圆月灼痛。
雨,如果下,就会安抚心境
胜过安抚草,心境就会
至少,稍稍平静,面对
这干旱和暗含的死亡。

云(1948)

李　尔*

当世界替我们掌管
树林里的狂风暴雨
替代我们脆弱的良心时
（就像船，对于海洋是女性）
当最后的几片黄叶
突出像颠簸的抛锚船只上的
旗子时——我们的心才得以休息

昨天我们又出汗又做梦
或在梦中出汗迷迷糊糊
穿行在硕大的人形中间
男人和女人，貌似固体，
却在我们沿铺石的走廊
走近时，融化了——那是我吗？——像
篝火冒出的烟那样飘散

---

* 英国戏剧家威廉·莎士比亚（1564—1616）的悲剧《李尔王》（1606）中的主人公。他因女儿的背叛而失去王位，在荒原上流浪，在暴风雨中发狂。——译注

今天这暴风雨,无可逃避,已
控制了场面,我们把心
交还给它,无论如何,被迫做
它的妻妾;尽管我们躲过
它那激情澎湃的进逼而
免于浑身透湿,但我们
屈从于它的愤怒而默不作声

可怜的李尔,就连你也无法
盖过这暴风雨——发出一个傻瓜的
呐喊!身为它的威力之妻,你
早点屈从岂不更好?就像从前
面朝大海的船上装载着
神态安详的女人雕像
象征波涛之鞭的力量。

云(1948)

车间里的裸女画

铸造车间,
            (那是艺术)
       她的头发里
一根红色鸵鸟翎:

汗水和泥水,
成卷的保险丝
            围绕着她
镇静地坐着——
(在红色的、分开的
       帘幕之间)

右腿
       (穿着长袜)
抬起!
       无关紧要——
悠然地。

轻得像一只手套,轻得
像她的黑手套!

像一只鞋,一只女人的
高跟鞋一样,被当作模特!

——另一条腿伸
出
　　光着
　　　　(伸向头顶——
向上)
　　　就像
沾满油污而变硬的
衬衫和裤子下面
弄脏的皮肤一样
光着——

　　　　接近
中心
　　　　(遮掩着)
即将贬值的金属!

　　　　——光得就像
喷灯的火焰,
　　　　没有遮掩。

妙 绝

哦,猛击,猛击,猛击!
短暂而不断。
模仿蚊蚋
或一棵树的叶子吧!

那不是树本身
却聚拢来形成它。
结束!完事儿
并就抽身离去。

合 声[*]

我的朋友，草非常绿，
蓬乱，就像你孙子的——
头，是吧？还有那座山，
我们二十年以来
最后一次爬过的
山（我写此诗时想到
你），像那时一样，在天空
边缘被锯掉了角——一个旧谷仓
也在那里耸立着，命中注定，
背靠着天空。它就在那里，
我们无法以任何方式移动它，
改变它，理解它
或修改它。听！你没有听到吗？
它们的歌声？它就在那里，

---

[*] 弗洛伦斯·威廉斯和WCW告诉约翰·瑟尔沃尔（1953年7月23日的谈话录音整理稿）说，这首诗的场景是他们参观过的一片废弃的牧场和农舍——"纯粹佛蒙特"——在佛蒙特州威尔明顿营地，"男孩们已经离开那里很多年了……这个牧场上有一个家庭墓地……唯一剩下的东西是这块小孩子的小墓碑"。该地点位于本宁顿—布拉特伯勒路的"莫利·斯塔克小道"以北四分之一英里处。

云（1948）

我们最好承认它并
把它照样写下来,而不改样。
不是扭曲词语以表示
我们本应该说的什么,而是表示
——无法逃避的东西:那
一如往常骑乘着下午的
山峦,由草铺就的绿色,
脚下的绿色和空气——
腐烂的木头。听!听听它们!
那不死者。山丘倾斜下去,
然后在中间地带升起,
你记得,在光秃秃的草场中央,
有一片长瘤的枫树林,
神圣,当然——由于什么原因?
我说不出。田园诗一般!
一座由树木环绕在那里的
神殿,一定会有音乐!
一种合声和舞蹈,在这
死亡的节日结合:有些
像一张蜕下的蛇皮,刚发芽的
一枝黄花。或者,最好,一块白石,
你看见过它:**玛蒂尔达·玛丽亚·**
福克斯——接近地面的嘴唇,
几乎无法辨认,*Aet Suae*

Anno 9[①]——还在那里,草上
滴淌着昨夜的雨水——而且
欢迎!稀薄的空气,附近的、
清澈的小河水!——不能,
已死,无法;逃避
空气和潮湿的草——
穿过它们,明天,戴着珠宝,
伟大的太阳将会升起——那
不变的群山,强加于它们的——
而它们接受,心甘情愿地!
石头,有区别的石头
与其他的石头一起,步调一致。听!
听听它们整齐的合声……

[①] 拉丁语,意思是"她时年九岁"。——译注

飓 风

　　　　　树躺倒在
　　　　　车库顶上
　　　　　横着,你
　　　　　有你的天堂,
　　　　　它说,去吧。

出诊区域

形象
高大的
白草
在煤渣堤岸边
保持其队列
无懈可击。
动了!
在耀眼的
风的
渠道中

闪耀着!
抛光的
秆儿
和羽毛状的
穗儿
隐匿在那里
无色
超出所有感觉

这就是
神一般的
原则,
被像风笛般吹响,一座
雕像
高大而苍白

——没有生命
除了只有在
美,
所有追求的
核心,
永恒者之中

心的游戏

假如一个人可以说他此生或
此生的任何时刻,别无
所求!他的境况就
变得像那著名的双十四行
诗①中所述的那样——但没有
十四行诗的约束。让他去看
流动的河水或花朵迟开的
河岸,还会有一只
小苍蝇依然在花瓣中间,
它高举在背上如纱的翅膀上
闪耀着一道彩虹。世界
在他看来是光彩的,就连贫困的
事实也全然没有带来绝望。

似乎如此,直到他眼前
出现按计划制造的挨饿者的

---

① 可能指英国诗人威尔弗里德·斯科恩·布伦特(1840—1922)所作,埃兹拉·庞德在《诗刊》1914年3月号上发表的一篇文章中所论的无题双十四行诗,头两行是"曾经幸福过的人的确 / 是毁灭所够不着的"。

画面——为一个目的，在心的
提议下。那么翅膀轻盈的
苍蝇、花朵或河水——太脏
而不能饮用，甚至不能入浴——
有何用？大洋彼岸的
90层大厦，一支火箭
会在几分钟内跨洋
摧毁，却不会
在百年后，带给他食物或
任何种类的离苦解脱。

这世界因我们负担太多①？胡说！
这世界因我们负担还不到一半——
表皮健康的土豆的
腐烂，直到我们
要吃的时候才暴露的
腐烂——令我们反胃。美？
美应当把我们变成穷人，
应当弄瞎我们，抢劫我们——因为它
不供养受苦者而是把
他的痛苦变成苍蝇嗡嗡的腐败物
使我们自己腐朽——除非
这非常态是普遍的。

---

① 这是英国诗人威廉·渥兹渥斯（1770—1850）的一首十四行诗的首句。

理发师

好久不见。
　　——一道闪光仿佛
来自磨亮的钢铁，
然后：

　　　他妈的我
太穷了，没法出
林子。我一直
盼着你
来把我
带进城去。

　　　　没有回应。

音乐说明：勃拉姆斯第一钢琴协奏曲

从音乐中，在一座洞穴似的房子里，
借助机器，我们更多地享受
我们的人性，因为它迷失了，
存活下来了，只是暂时又被
重新点燃，在下决心拒绝
之前：德穆斯、希勒、
哈特利的作品①，绿色和灰色；
黑色（指深红色）
也因此在我们内心被感动。

我们在绝望中怯怯走向自信
听着钢琴喘息着配合
管乐器不确定的吹奏以至
来自被震聋的窗户侧面的
八度在我们不再坚持的
波浪般的教条中渐强、
渐慢、渐弱。让我们啜泣

---

① 山脊路9号的住宅里有许多查尔斯·德穆斯、查尔斯·希勒和马斯登·哈特利的画作。他们都是 WCW 的朋友。

并歌唱我们的梦想吧,在野蛮的
雪来临前在我们的指甲上
哈气……

创　伤*

从这张病床上
我可以听到一个引擎
在呼吸——在夜里
　　某个地方：

——软煤①，软煤。
　　软煤！

我知道这是人
　　　在呼吸
铲煤，休息——

——去干吧
用缓慢的方式，如果你能

---

* 1946年5月，WCW在帕赛克综合医院接受了疝气切除手术。5月28日，他告诉弗雷德·米勒："刚刚把我在医院床上写的一首诗卖给了《国民》杂志。"[这首诗首次发表在那里]（弗吉尼亚大学）但他渐渐认为这首诗"弱"，在兰德尔·贾雷尔坚持下才收录于《诗选》中（WCW致詹姆斯·劳克林，1948年8月6日，耶鲁）。
① 一种煤，含有较高的挥发成分，燃烧时产生大量烟雾和火焰。

找到任何方式——
　　　　　　　救主啊！
谁是混蛋？
　　　　　　——停止
停止铲煤。

一个人在呼吸
　　　　安静了
平稳运行的
吐气开始
　　　　缓缓地：噗。
噗。噗。噗。……
　　　　渐渐消停。
至少有足够的煤
　　　　供应这小工作

　　　　轻！轻！
——足够供一个小
引擎，足够用了。

一个人在铲煤
工作而不是躺在这里
　　　　在这个
医院的病床上——虚弱无力
——患有白喉
　　　　在黎明前

把白杨叫进来,他那
微弱的笛声,
有三条舌头,正穿透
新叶的
剪短的窗帘;
  被此刻正在
   铁轨上
唱着歌,缓缓地,
转着弯的火车轮
  所淹没,
    一声长鸣,
音调高亢:
   环行
     弯道——
——用缓慢的方式,因为
(如果你能找到任何方式)那是
现在给你剩下的唯一
     方式。

红翅黑鹂*

那野红翅黑
鹂叫声像
蛙虽然更尖
他的眼珠

在沼泽之上
闪亮在他
鼻孔中沼泽
味比伏特加

---

* 1948年9月12日,WCW写信给路易斯·祖可夫斯基,说他很高兴祖可夫斯基喜欢他最近的诗,"还有关于'红翅黑鹂'的那首,我想,那是自传性的"(得克萨斯大学哈里·兰色姆中心)。

超越所有地点的一个地点(任何地点)*

在纽约,据说,
他们确实见面(如果那是
所想要的)谈话,但
没有任何交流
除非那些废话
可以被重新翻译:譬如
说,这并不是
终点,还有一些渠道
在那之上,排水的
地方,纽约由此
获得尊严,被创造出来(聋
子没有被调入频道)。

新罕布什尔州的一座教堂
由牧师在自己的
林地上建造。一朵

---

* 1945年11月,WCW告诉拜伦·瓦扎卡斯,说这首诗是对华莱士·史蒂文斯的《没有地点的描写》的回应——"我一点也不喜欢它"。史蒂文斯的诗发表在1945年11月号的《斯旺西评论》上(马里亚尼)。

黑色（当然，红色）的
玫瑰；一个肥胖老妇人后退
穿过一扇纱门。两朵，
从腋窝
往下，在床上形成鲜明对比，
喘不过气来；一封来自
一艘船的信；叶子填充着，
制造着，一棵树（可是
等等）不只是叶子，
一种设计的叶子
形成一种特定的设计，
没有两片相同，也不像
槐树叶，挨个儿成排，
也不像木槿，在
荚果阶段，它近旁——一棵
树！想象一下吧！梨子
哲学上的硬。也不是
思想，来自
根上的分支，来自
酸性土壤，主干破土
之处，它四周
少有青草。

纽约就是由这样的
禾草和杂草建造的；一个现代的
经结核菌素测试的种群，

在白色栅栏后面
脸色苍白,耐心而
同样;早餐桌
对面的面相
博物馆;梦想的地铁;
来自薄薄发薪信封的
分配之塔。
它还是什么?它还能
是什么?血汗工厂
和黄昏时分的铁路货场
(被幻想吹嘘得
显得真实)还有什么
它们能在上面发芽,
活得更久一些?
眼睛借助于此
远比头脑更快。

——我们有
:①南方作家、外国
作家,拥抱着一种不
同,而透视他们
身后,随着
(国内的)危机,
小农的忠诚激发着

---

① 原文如此,这是诗人形式上的实验。——译注

前卫艺术。抽象地?
不:那是为别的什么
事情。"Le futur!"①阴郁地。
纽约?那个大杂烩?
国际城市
(来自博斯普鲁斯海峡)。可怜的
霍博肯②。可怜的悲伤的
艾略特。可怜的记忆。

   ——我们还有
:关于艾尔莎·冯·弗莱塔格·
罗林霍芬③的记忆,
来自柏林一家戏院
临街大门的
注视;所有"举止
做作太过明显"的人,
被收养的英国人(白人)
以及其他许多人。

   ——我们还有
:剧本作者建议

---

① 法语,义为未来。——译注
② 霍博肯,美国新泽西州东北部哈德逊县哈德逊河畔的一座城市。——译注
③ 一个格林尼治村的人物,WCW在《自传》中称其为"男爵夫人",指出:"华莱士·史蒂文斯在城里的时候,因为她的缘故,一度不敢到第十四街以南来。"

"每一句话都要像
十个字的电报",但
忽略了补充:"对一个
十二岁的孩子"——下流得
难以置信。

   下流和
抽象一如粪便——
没有人愿意拥有,
除了拥有一个
花园的苦力,其中
尤其是生菜
有赖于它——如果你
喜欢生菜的话,但
非常,非常特别地,堆在
根部周围以供给营养。

老房子

获救了！新刷的白
　　　　　（来自时代的
恶龙：忽视——毫无趣味——
沮丧）

　　　但为什么？
为什么会有坠入丑陋的倾向
介入——这是
怎么可能发生的,
　　　　　（实质——
杂草丛生，破烂乱堆
——在一个破旧的社区）——
　　　　　如此健全的东西？

——竟然有这样的腐败,
这样的感觉的腐败发生——
多余的和昂贵的,
无用的，无用的韵脚？

停滞：

一个种种空虚的……
平衡,通过强调……寻
求着……实现!
一种回避的……十足
音响!!

　　——缺乏
"美德",赝品雉堞,假冒
塔楼——在桁架的一个
隐蔽的缺陷上,是由于介意、
反对联系的去关联化而被
轰入地狱的一整个时期:
　　　内战之后的
若干年——

　　但四面
平衡的山墙,良好的古旧风格,
四个对称的波浪,
　　　　锚定良好,
围绕着屋顶的轴心转动,
简单而直接,
　　　他们当初怎么可能不
明白呢?他们不可能……
引起痛苦回忆的东西。

　　然后!

出自空气,出自腐败,出自
欲望、必要性,通过
经济新闻——"炸弹"的后果——
一位珀耳修斯[①]!救援来了。

　　　　　　——那来自
"海难"的发光者,为它自身,复位,
一座几乎消失的房子,再次闪亮。

[①] 古希腊神话传说中的半神英雄,有诸多冒险事迹,其中之一是解救埃塞俄比亚公主安德洛墨达。——译注

那东西

每次它响
我都以为是为
我但不是
为我也不是为
任何人它只是
响而我们,
他们和我,一起
痛苦地服侍它

踌躇的心

有时河流
变成心里的一条河
或心的河
或既是心里又是心的河

潮水退去
堤岸如雪,一道
黑边躺在
河水与河岸之间

观看河流的
踌躇的心
觉察到
它将发现的

相似性——一个复杂的
形象:近似
白皙的额头
扎着一条乌黑的

遐想的发带，
是的远离
湍急
流水的

动态，在
潮水
变化
又涨起之前，也许

悲剧的细节

我死前一天
注意到那棵枫树
树皮在十一月的
阳光下蜷曲

有些活儿
要干,三只鸟儿
笨拙地并肩走在
光秃的草坪上

只有那乡下女人的
嘴唇——柔软有绒毛
黑得像她的头发
衬着白皮肤那样黑——

安慰我,可是那双胞胎
和他们的妹妹
排挤我,紧揪
不放那宽松的衣裙。

菲洛米娜·安卓尼可

男孩儿们忙于
在附近
破旧的空地上
玩球

她站在
短街上
若有所思地拍着
红皮球

缓慢地
熟练了
有点儿笨拙地
高抬起一条腿

(不像她先前
那样
尖叫着
失误着

而是缓慢地
沉着地)然后
停下来抛
球

动作十分缓慢
非常缓慢
而轻松
始终一贯

随着一个缓慢的
半转身——
就在皮球轻柔地
飞滚到

等待着的那孩子
脚边时——
他却错失了
转身

跑开了而她
缓慢地
恢复了先前的
姿态

然后用手指

快速地
理一下松散的
短发

把一只长袜
拽紧
等待着
胯

倾斜着
在温暖平静的
空气中任
双臂

松弛地
垂落
（等待着）
在体侧

云[*]

一

在穹隆的天空边缘
充斥着心灵,黎明的
群马从南向北冲锋,巨大的走兽
在围场上方立起,边缘镶着火焰,
想象力的极度混乱仍未得到治愈,
一条规则,街灯下的斑马线,不情愿
被从立足点扯走。

    它们的肋部依然
陷于低矮的屏障中间,它们的前部
明晰地升起在这沼泽的气味之外,泥土

---

* "第一部分是先写的〔见第一稿〕。在一位朋友的建议下,其他部分依次写完。这是一个关于心灵和——那些在我们的生活中被当作神秘的温暖云朵之间的问题。诗人不断地在一个和另一个之间受折腾——但在我们的时代,心灵声称至高无上,是少数,似乎在统治,各种牧师从中向外偷窥,一边咧嘴笑或砰砰敲或使用着加法器"(作者在《现代诗歌》(齐蒙·弗莱尔与约翰·马尔康·布林宁合编,纽约,1951)中的注释。

  WCW的父亲于1918年圣诞节去世,此诗的早期草稿是以其死亡为中心的,但涉及私事之处在随后的修订中被删除了。

因腐烂和生命而发黑！在白色
树根中间挖洞的海龟在黎明前被惊醒
抬起它们有红色条纹的绿色的脸。

一面黑色的旗帜，在杆头扭动着，甩动着，
登上空空堤岸的墓冢，挣扎着
要自由……

　　　　　从南向北！这个方向
毫不含糊，它们在不明确的世界边缘之外
清晰地移动着，云！像雕像一样
我们被吸引到它们面前——在黑暗中，想到
我们的逝者，无法，不知道还有什么
地方适合安置他们。

　　　　　悲凉的轮廓
和马的形体，充斥着心灵——但
是可见的！由不可见的衬托着；实际的
由想象的和编造的衬托着；没有被手弄脏
也没有被手弄坏，而只是被视觉所爱抚，
在它们中间移动，不是那从下面
逼人直视又令人目眩：

——逝者骑在它们的背上，高高在上
不被我们系于其上的腐臭味所污染——
从南向北，此刻暂时轮廓分明而不变形，

进入对他们无名命运的无知之中。

二

昔日的美好心灵,那些没被剃光头的人在哪里?
维庸①,确定无疑,以及他的
锯齿状的遗书和遗嘱在哪里?赞扬愚蠢的
伊拉斯谟②和

莎士比亚在哪里?他写得真妙,以至于
没有一个学校的人或教会的人能处罚他而不
暴露自己的低能。精明而孤独,
一度是个草药贩子的亚里士多德在哪里?

他们都像阿里斯托芬③一样,知道云,对
灵魂的飞行几乎只字不提,
但保持着清醒的头脑死去——
像苏格拉底,柏拉图的更好的自己,那样不为所动。

在哪里?今天他们生活在昔日的状态中,因为
他们所保持的步伐使
他们现在在我们的思想、他们的遗物、我们

---

① 弗朗索瓦·维庸(1431—1474?),法国诗人,其代表作为诗集《遗嘱》。——译注
② 德西德里乌斯·伊拉斯谟(1466—1536),尼德兰神学家、天主教神父、北方文艺复兴代表人物之一。代表作有《赞扬愚蠢》等。——译注
③ 阿里斯托芬(前446—前386),古希腊喜剧作家,剧作有《云》等。——译注

自身中保持新鲜：图卢兹-劳特累克①，那

住在妓院里画妓女
之美的畸形人。这些人是
讲真话者，我们是其在云下面
唯一的继承人，这些云带来

充满在空旷天空的喧闹衬托下
被雨水加深的思想的
阴影和黑暗。可是，有什么可以逃避人性！
现在是招魂术了——又一次，

仿佛未来生活的确定性
是对我们的困境的任何解决办法：如何不是
把我们所写的东西，而是把我们愿意写的东西发表，如果
不是因为法律禁止诽谤性的真相的话。

可怜的大脑不愿意拥有这个碍眼的身体，
会像螃蟹一样从中爬走，并且，
因为它不时借助药物或其他"出神"之法
会成功地脱掉它，终于

---

① WCW把《帕特森卷五》（1958年）题献为"纪念画家亨利·图卢兹-劳特累克"。亨利·德·图卢兹-劳特累克（1864—1901），法国后印象派画家，由于少年时折断双腿而发生畸变，遂致身材矮小。——译注

认为它是相当自由了——欣喜之余,匆匆跑向
某个蜗牛丢掉的某个稍大一点儿的
壳(它将在那里生活)。就这样,想着,
假装成一个神秘的东西!一个没有身体、

仍然是一个大脑的东西——但没有身体,
不吃东西,却靠着纯粹的推动力飞行的
某种东西——什么?不受限制地进入太阳本身,
就这样永远存在,被祝福、被洗涤、被净化

并在非具象的无形火焰的爆发中
悠然自在,有知觉(自然地!)——并至少
(通过以前的作品)与大地保持联系。
智力引领,仍然引领!超出云外。

三

(谐谑曲)

我曾在阿马尔菲的圣安德鲁教堂遇到
一位牧师,身穿深红色和金色织锦,骑乘着
他的信仰之云。

碰巧的是,我们这些旅游者在某一
中间时刻插手了仪式——
给了圣器保管员或无论什么职员小费。

没有其他人在那里——斑岩和雪花石膏，
光线涌入，散发着
檀香木的香味——但这个神圣的人

屁股坐着，听着两名跪着的祭坛侍者
吟诵的连祷文，身体随之晃动着！
我很惊讶，盯着他以这样的方式

在出神状态中
半离地面——尽管不漏一个节拍——
从他的云端转头冲我咧嘴一笑。①

四

随着每个人，他所负载的过去生活的一部分消逝，
一份宝贵的负担，远去！因此，每个人
都是按他所负载的东西估价的，那就是他的灵魂——
使桶里的东西减少那么多
除非重新装满。

    正是这，这就是兄弟情谊：
过去的生活，所珍惜的。但如果他们活着？
那又如何？

---

① WCW 和弗洛伦斯·威廉斯于1924年参观了阿马尔菲的圣安德鲁教堂（马里亚尼）。

　　　　云依然在
——无序的天空,破烂不堪,被风撕扯着
或休眠着,有鳞的龙和明亮的蛾子的、
紧张的思想的书法,浑圆或流利,
华丽,肉体本身(在其中
诗人预言了他自己的死亡);婉转缭绕,猛扑向
一只蚂蚁、一场大火、一……

粉红教堂[*]

(1949)

* 此诗集于1949年由俄亥俄州哥伦布市金鹅出版社出版,收录诗作11首,题献给詹姆斯·劳克林。"我对《粉红教堂》总是充满热情,因为它表达了我的愤恨,不必是对一种政治局势而是对一种事态。非常确定,它是一首基督教诗。粉红教堂代表基督教堂。……我视基督为社会主义人物的观念,与对穷人的慷慨情感有关,也令许多人困惑。……"(威廉·卡洛斯·威廉斯:《我想写一首诗》)。一般以红色代表共产主义,威廉斯自认为不够红,而只是粉红。"我是个粉红的,显然而决然。我不是个红的。我十分同情……那使共产主义者胜任为善的东西。生活的,粉红脸蛋儿的'粉红',如果你愿意这么说。我不愿因同情红色所象征的生活而受贬斥"(威廉斯〔1947年?〕8月致巴贝特·德意志的信,华盛顿大学藏,转引自《威廉·卡洛斯·威廉斯诗汇编》,第二卷)。——译注

合唱：粉红教堂[*]

粉红如加利利的黎明
其戳刺的手指击溃了
埃斯库罗斯，谋杀眨眼……

——虽然我记得不多
　　随着名字逝去，
那第一道曙光的击刺
　　对我来说
　　如同洞穿玉石
　　之心——

---

* 这首诗原本打算收录在《云》中，但在该书的赞助者威尔斯学院的坚持下被删除。WCW给巴贝特·德意志寄去了关于这首诗的这些长篇评论："至于《粉红教堂》……我是个粉红的，显然而决然。我不是个红的。我十分同情鲜血，那使共产主义者胜任为善的东西。生活的，粉红脸蛋儿的'粉红'，如果你愿意这么说。我不愿因同情红色所象征的生活而受贬斥。黎明的玫瑰色手指以最好的古希腊方式给这首诗开了头。

"其次，这首诗是反天主教的，反《圣经》中诅咒定理所象征的一切。它反艾略特，反英国教会——……以及任何将完美性推迟到'天国'和天国所暗示的一切。因否认诅咒、伊甸园、原罪概念而被烧死的塞尔维图斯是我的圣人。他是一位持一元论的圣人。我从小就信奉一元论——一种相当贫瘠的信条，其中却固有伟大的美德。

"我特别厌恶艾略特、天主教会……　　　　　　　　　　（转下页）

如你所喜欢的中国风
但不到那么——遥远。

现在，
　　粉红教堂
　　　　颤抖着
再次迎来（黎明的）曙光，
　　无法一下子
　　就明智地
　　说出来的严酷

（接上页）"这首诗还意味着什么？嗯，哲学不是一个用脚轮推来推去为客人服务的茶桌。它（哲学）在宇宙论者的心目中超越自己，失败了，原因是它试图在其弱小的手中掌握太多东西——但是，正确地应用于'好'即这世界这一谦逊的任务：什么是好，什么是艾略特—天主教……——它有其位置，我尊重它。关于什么是好和什么是坏，有一个可以理解的最低限度的知识。我支持好。这并不难理解。

"然而，我认为《粉红教堂》的失败在于它说到了一个'教堂'。它似乎想提出一个天堂的公式。在这一点上，我也觉得它有问题。然而，它是一首抗议诗，抗议对理性的明显滥用。这是它的主要目的。"（[1947?] 8月，华盛顿大学圣路易斯分校，并见马里亚尼和《我想写一首诗》）

琦蒂·侯戈兰在弗吉尼亚大学的一份打印稿上添加了一个注释："粉红教堂是比尔在我提醒他帕德莱夫斯基的妹妹葬在洛迪的波兰孤儿院的墓地时写的。'玫瑰色'，我说。'粉红色'，比尔说。他彼时彼地开车去看洛迪孤儿院，它在阳光下发出玫瑰般的光芒——永久敬爱修女会。一天下午，他听到孤儿们在集体唱歌，还用波兰语回答玫瑰经。早前，他给孤儿院寄过一些钱——"

WCW于1946年5月22日将这首诗寄给了西莉亚·祖可夫斯基，并附注："能否为它谱曲？"（马里兰大学），她作的曲随后与这首诗一起发表在《布赖尔克利夫季刊》（1946年10月号）。

唱着歌!
   隐蔽地。
      被压抑着。

  歌唱!
对光透明
  光透过光
照耀着,透过石头,
  直到
石头之光熠熠闪亮,
  粉红玉石
——那是光又是
  一块石头
也是一个教堂——如果形象
  保持住……
如同一口气工夫,一张脸发光
  随后消逝!

都来吧,你们这些反常者、
  醉鬼、妓女、
  超现实主义者——
  纪德[①]和——

[①] 安德烈·纪德(1869—1951),法国作家,1947年诺贝尔文学奖得主,擅长写虚构和自传性作品。——译注

普鲁斯特①的回忆（身穿软木
　　　潜水服
看着寂静的海面
　　　　　　之下）
来做见证：

人是没有罪的……除非
　　　他犯罪！

——坡②、惠特曼③、波德莱尔④
　　　这日历上的
　　　　　　圣人。

哦，女士们，你们的床
　　　为你们的
丈夫所玷污！男人，男人
　　　是给你们
　　　　带来纯粹快乐
　　　　　　之人！

---

① 马塞尔·普鲁斯特（1871—1922），法国作家，代表作为《追忆似水年华》。——译注
② 爱伦·坡（1809—1849），美国作家，擅写惊悚小说，格调阴郁。——译注
③ 沃尔特·惠特曼（1819—1892），美国诗人，自由诗的开创者之一。——译注
④ 夏尔·波德莱尔（1821—1867），法国诗人，象征主义诗歌先驱，创作受爱伦·坡和惠特曼影响。——译注

还有谁?

  而那边站着
  以哲学系的
  名义
  联合成一伙的人

想知道这些
  被倒入
  习俗的
  小便池里的
    东西的性质

杜威哟!(约翰)[1]
  詹姆斯哟!(威廉)[2]
    怀特海[3]哟!
      好好教!

——在你们的教学
  之上和之外矗立着

---

[1] 约翰·杜威(1859—1952),美国哲学家、教育家、心理学家,实用主义哲学代表人物,机能心理学学派创始人之一。——译注
[2] 威廉·詹姆斯(1842—1910),美国哲学家、心理学家,实用主义哲学创始人之一。——译注
[3] 阿尔弗雷德·诺思·怀特海(1861—1947),英国数学家、哲学家,历程哲学学派奠基者。——译注

粉红教堂：
   一个从未
生过孩子的
女人的
乳头……

哦，我们应当发什么
新的誓言，以使所有的誓言
都作废：
  傻瓜
  精神错乱者
  自杀者？

——被喂以它的粉红喜悦

而除他们之外，所有人都在哀叫
被屠杀者、挨饿者
和孤独者——
  他们的心灵的
神圣教堂疯狂地和谐
  歌唱，它的石头
发出嘶嘶和咆哮声——

    发音柔和……

为之伴奏，低音提琴：

一把火炬投向

  迈克尔·塞尔维图斯

 捆住的脚下的

 一堆新树枝：

    因此，你们要完美

    就像你们的

    天上的父

    是完美的①

还有你们所有穿制服的混蛋们，

  所有人（不过请原谅我，

  你们所有恰好

  适合这个神圣术语的

  人）

      听好了！

——完美得如同处女的粉红

  圆润的乳房一样！

---

① 《新约·马太福音》第5章第48节："所以你们要完全，像你们的天父完全一样。"

把这厉声喝入
    他们愚蠢的耳朵吧——
都被一团团
新闻纸浆塞住了——

    喜乐！喜乐！
    ——出自极乐世界！

——作为力士们的合唱
   被大声诵唱——
弥尔顿①，无韵之人，
    在其余人中间
      歌唱着……

像一个共产主义者。

---

① 约翰·弥尔顿（1608—1674），英国诗人，其代表作是用无韵诗体写成的史诗《失乐园》。——译注

狮　子

1

交通、狮子、世故者，
面对着原始人、雪花石，

新落的雪
把它的贞洁涂成新的暗影。

使用诋毁！攻击搅扰我们的睡眠。

这是路的颜色，是狮子的
颜色，沙子的颜色

——跟随狮子，有用或在用，
甚至去教堂！钟声响起
在落雪之上！

——都循着同一条路，快速地。

2

冬天,搅动的雪,狮子
咬着女人的喉咙,
往他那有沟的两肩上
抛甩——快速摇晃着重量,
不受打扰,带着她蹿入
树丛中间——那里白光
闪闪——在那里吞噬她:
转到用途:在交通繁忙
之处,一种充满淫荡的贞操,
一种规则,休眠着,背衬松散
飘落的雪——厚厚的肌肉,
在皮肤下工作着,树桩
似的头部,啃啮着:献给
职业的贞操,躺倒在血泊中,
最后一次一同上床。

熟 女

小猫！小猫！成年女人！
你蜷缩在枕头里
使得男人咬紧牙关
要用温柔覆盖你。

抚摸，抚摸，神经
紧绷，警惕迅捷
反击会使他（你
将看到）全力镇压。

新墨西哥

愤怒可以被转化
成一只小猫——就像爱
在扰乱的心灵里可以
变成一座山,那
像马一样奔跑
或啃咬的心灵,惊起
并凝视那三重
石头世界被灼烤的
圣人——石头
层层叠叠,在这沙漠
正午坦白的光耀下
遭受剥蚀。

一个不可能的花园里的一丛玫瑰

这些花是你的
盛开的
半醒的
你的

在D日①用网
从血腥的河里
捞头和手的
人

这肮脏
角落的寂静这
有脉纹的成就是
你的

---

① D日,1944年6月6日,英美等国盟军对纳粹德国发动总攻的日子,后被引申为采取重大行动的日子。——译注

歌

如果我
能数这寂静
我就能睡，睡。

可它
是一，一。甚至无头
可咬。旋转着。

如果我
能暂停那光亮的
旋转，玻璃的表面，

我的心
就能在其掌握中冲撞
破开

夜的
浑然一体——
直到睡意如雨降落

到我身上。

词语、词语、词语

鸢尾花的香气、甜美的香橼，
被金钱、荞麦的
气味、女人的气味所加强。
沙子不磨人，只要有钱。
绵羊跪倒，马匹嘶鸣，但金钱
安抚它。
跳跃或游泳
睡眠或醉卧在任何怀抱中
或无怀抱
金钱是王冠

你的眼睛、大腿、乳房——尖尖的玫瑰，
金钱是他们的沙发、他们的房间、
格栅间透过的光……
篱笆后面，墙后面的
女士：
丝滑的四肢、白皙的额头，
金钱从你上方爬架的叶子间
过滤进来

起身,抖动你的裙摆
对着毛茛花,花黄得像抛光的
黄金

沙漠上的维纳斯

如果我不犯罪,她说,你们就不会
穿着长袍沿着石砌的长廊走动。
没有堕落的地方就没有缓期
执行。我整夜躺在你们的床上,你们
从我身上醒来去做你们的事。我的肉
紧贴着你们的骨。圣洁有何用,
若不能印证我的完美,我的乳房,
你们分开、摇动的我的大腿,还有我的嘴唇,
通往我的快乐的门户?罪,你们称之为,
可是不可能有冷,除非热
养育了它,否则你们怎能知道?爱
当着我的失败之面安慰我!可怜的
修士,你们自以为温和但我告诉你们
你们杀人就像子弹射杀飞鸟一样确定。

"吾亦不愿换以汝之饮"*

吃过饭了,我可以摸
你的大腿了吗?
喝过酒了,我可以亲
你了吗?

或者只给你敬酒

——撇下那和她丈夫
(那个卡车司机)
一起过了三个月的
可怜灵魂,独自过
接下来的六个月,
在她能找到它的地方,
把那次放纵所得的
孩子遗弃在全国各地
任何愿意接受她的

---

* 标题引自本·琼森的《歌,致西莉娅》第一节最后一行:"自灵魂升起之渴念,/诚求取神圣之饮品:/而纵得纣夫之甘露一啜,/吾亦不愿换以汝之饮。"本·琼森(1572—1637),英国诗人、剧作家。——译注

医院里?

　　(母子都有肺结核)

在她的学院里她有
什么课程可提供
竟使他每年都要
回到她身边去听,
重复的,有关她的
冒险故事的讲座?
并在痛饮
和吃些他们重聚的
哲理之后
——告诉她他自己的……?

幸福,幸福的已婚一对

我应该来找你
斋戒,我的爱人——你
我要送给你
一个玫瑰花环,与其说是
礼敬你,不如说是借给它
一个希望,在那里
我可能会被记起。①

---

① 结尾这五行改写自本·琼森同一首诗的第二节。——译注

爱 符

拿去这个,非
现实的结,
我的头,我为你
摘下它来。把它

拿在你手中,如果
捂在心窝,
就会把心吃出来的
金属。把它

捂在你心窝
等着,只等
它的裂变凝固的
时候。

图书在版编目（CIP）数据

楔子：威廉斯诗合集：第二卷/（美）威廉·卡洛斯·威廉斯著；傅浩译.—南宁：广西人民出版社，2024.9
（威廉斯系列）
书名原文：The Wedge: The Collected Poems of William Carlos Williams II
ISBN 978-7-219-11684-5

Ⅰ.①楔⋯ Ⅱ.①威⋯ ②傅⋯ Ⅲ.①诗集—美国—现代 Ⅳ.① I712.25

中国国家版本馆 CIP 数据核字（2024）第 016422 号

楔子：威廉斯诗合集（第二卷）
XIEZI: WEILIANSI SHI HEJI（DI-ER JUAN）
［美］威廉·卡洛斯·威廉斯/著 傅浩/译

策　　划　吴小龙
责任编辑　许晓琰　李雨阳
责任校对　周月华
装帧设计　周伟伟

出版发行　广西人民出版社
社　　址　广西南宁市桂春路 6 号
邮　　编　530021
印　　刷　广西民族印刷包装集团有限公司
开　　本　889mm×1194mm　1/32
印　　张　12.25
字　　数　285 千字
版　　次　2024 年 9 月　第 1 版
印　　次　2024 年 9 月　第 1 次印刷
书　　号　ISBN 978-7-219-11684-5
定　　价　69.80 元

版权所有　翻印必究